Timbrel de P. Carteret
Romulini par Barthe-
-Carey Girard Sapin
Barbier.

DISCOURS
SUR
LA SATYRE;
OUVRAGE
TRADUIT DE L'ITALIEN.

Intereſt Reipublicæ cognoſci malos.

A AMSTERDAM.

M. DCC. LXIII.

AVERTISSEMENT
DU
TRADUCTEUR.

CE Diſcours a été compoſé en Italien par M. Pierre-Caſimir Romolini, & imprimé à la tête des Satyres de Menzini ſon Maître, Edition de Leyde 1759. On en trouve un court Extrait & un bel Eloge dans le Journal étranger, Octobre 1760. L'Ouvrage m'a paru bon ; je l'ai traduit & j'y ai fait des changemens qui ne ſont pas toujours indiqués ; mais qu'importe au Public que je ſois Auteur de la moitié de l'Ouvrage, ou que je ne ſois que ſimple Traducteur ? J'annoncerai ſeulement en général que j'ai quelquefois accommodé le Diſcours à nos mœurs. Par exemple le Sermon ſur la Satyre Religieuſe eſt beaucoup moins diffus & moins chargé dans la Traduction que dans l'Original, & peut-être encore ennuyera-t-il bien des Lecteurs. J'ai tâché d'appuyer de nouvelles preuves les principes de M. R. Le Discours de cet Auteur est terminé par un Jugement sur les Satyres de son Maître. J'ai substitué à ce Jugement des régles générales sur ce genre d'écrire. J'ai aussi jetté quelques Notes au milieu de celles de M. Romolini, le Fils.

FAUTES A CORRIGER.

Page 9, *Note*, *ligne* 12, couvrir, *lisez* découvrir.
Page 15, *Note*, *ligne* 2, ridicul, *lis.* ridicule.
Même lig. M. de la Chombre, *lis.* M. de la Chambre.
Page 21, *lig.* 8, que l'on, *lis.* qu'on.
Pag. 25, *Addition*, comment Démocratie se corrompt, *lis.* comment la Démocratie se corrompt.
Même Pag. lig. 19, factions, *lis.* faction.
Pag. 60, *Note*, *lig.* 7, *Ubsque*, *lis.* *Absque*.
Pag. 68, *lig.* 5, comme l'on, *lis.* comme on.
Pag. 74, *lig.* 8, pantomines, *lis.* pantomimes.
Pag. 77, *lig.* 9, *Note*, telle qu'on l'a long-tems enseignée, *lis.* telle qu'on l'a enseignée long-tems.
Pag. 82, *lig.* 3, imaginée, *lis.* imaginé.
Pag. 86, *lig.* 11, ceux les Rois, *lis.* ceux des Rois.

DISCOURS
SUR
LA SATYRE.

LA Société ne fut point troublée par le crime, tant que ses membres n'eurent point d'intérêts opposés. Les hommes encore enfans étoient plus sensibles que raisonnables, un même objet enflamma la cupidité de plusieurs; il y eut un choc de passions, de-là le crime. La force jouit & regna. La ruse tâcha d'éluder ses coups, & de lui en porter de plus rudes; & le crime fut reduit en art. La Société se déchiroit dans son berceau. La Satyre s'éleva contre les causes de sa ruine, &

L'origine de la Satyre, son objet, les obstacles qu'elle rencontre.

prépara les voyes à la légiſlation. Elle fit connoître l'intérêt commun. Quelques vengeurs furent armés de la force de tous. La politique imagina des loix : l'empire ſe forma, & la Société fut rétablie.

Telle fut l'origine de la Satyre. Le cenſeur de la Société naturelle dut devenir le juge de la Société civile. Il fut du moins le premier Philoſophe citoyen. J'entends par Philoſophe un amateur intelligent de l'ordre. J'entends par Citoyen un défenſeur zélé de l'ordre. Les loix ne ſont que des barrières contre le crime. Elles ne ſuffiſent point au bonheur public ; il faut des vertus. La Satyre, en redreſſant les mœurs, inſpira l'amour du bien. Elle mit plus d'énergie dans ſes leçons, lorſque la Poëſie lui prêta ſes couleurs. Un langage extraordinaire & harmonieux fut employé à la correction des hommes ; le Peuple crut entendre ſes Dieux.

Les hommes s'égarent, ou par erreur, ou par paſſion : il faut donc les inſtruire & les guider. La patrie a ſur le Citoyen les droits de Mère & de Souveraine ; ce ſera donc un devoir de lui prêter notre ſecours, pour reprendre l'enfant dénaturé, & réprimer le ſujet corrompu. Celui qui parle au nom de la patrie & de l'humanité, ne peut agir que pour l'intérêt commun de la Société générale & des Sociétés particulières : il ſera donc l'organe de la vérité & de la ſageſſe appliquée à la conſervation des mœurs & des loix. Le vice, qui ſçait ſe cacher ſous les formes les plus impoſantes, échappe facilement à l'œil du Public dans une cenſure générale, il ſera donc permis quelquefois au zèle de démaſquer le vicieux, & de pourſuivre le vice juſqu'au fond des cœurs. Le ſimple Citoyen qui n'agit point par l'autorité de la loi, n'a, contre les méchans, que ſes talens & ſes vertus : il pourra donc les employer à ſuſciter contr'eux le mépris, la dériſion, la haine, l'indignation publique, les ſeules armes légitimes qui reſtent au Peuple pour ſe venger ſans le ſecours des loix. Voilà l'objet & les devoirs de la Satyre (1).

(1) Il ſemblera peut-être étrange que M. R. entreprenne de défendre la Satyre, après que les loix eccléſiaſtiques & civiles l'ont ſi ſouvent prohibée. Mais ſi l'on conſidère la définition qu'il donne de la Satyre, & l'évidence de ce qu'il dit en ſa faveur, on ne l'accuſera point de combattre les loix. Heinſius, *de Satyr. Horat.* définit la Satyre un genre de Poëſie inventé pour purger du vice l'eſprit humain. Les Moraliſtes & les Juriſconſultes la confondent ordinairement avec le libelle diffamatoire. Caſaubon, Bianchini, Quadrio, &c. l'excuſent, en diſant qu'elle n'eſt qu'une répréhenſion générale du vice, ſans nommer les perſonnes, ni révéler les vices occultes. L'Auteur entend ici par Satyre, ce qu'ont entendu les Romains dans les Ecrits de Lucilius, les Italiens dans le Poëme du Dante. La vérité, la dériſion, l'invective, la manifeſtation des vices, l'attaque des perſonnes & la correction; voilà tout ce qui entre dans le plan de la Satyre. *Note de M. Rommolini, fils.*

Dans les diſputes publiques de la Grèce, les Poëtes tragiques faiſoient jouer chacun trois

Nous aimons nos erreurs, surtout quand elles sont nées de nos passions, & qu'elles servent à nos desseins. Malheur à celui qui entreprend de nous désabuser. Une leçon secrette nous choque; une correction publique nous révolte, & nous regardons comme méchans les sages qui ont voulu nous rendre meilleurs. Lorsque l'ingratitude est mêlée dans l'injustice, il est rare que nous revenions sur nos pas. C'est pourquoi il arrive que nous ne pardonnons pas volontiers à la Satyre écrite pour notre amélioration & contre nos penchans. Comment baiser la main qui nous perce le cœur, & l'aider à y enfoncer le trait? C'est à nos yeux un généreux effort dont

ou quatre Pièces, dont la dernière étoit appellée *Satyrique*; parce que parmi les Rois & les Héros, ils y introduisirent des *Satyres*, pour railler & pour plaisanter, comme on le voit dans le Cyclope d'Euripide. Ne seroit-ce pas là l'origine de l'application du mot de *Satyre*, faite à la censure poëtique des mœurs?

notre lâcheté nous diſpenſe ; il ne nous vient pas dans l'eſprit que ce ſoit un devoir, auquel nous ne ſçaurions nous ſouſtraire ſans nous manquer à nous-mêmes.

Que ne puis-je donner ici une idée ſaine du genre d'écrire le plus important, & réconcilier les hommes avec la correction, en leur démontrant combien ils y ſont intéreſſés ! Mes eſſais ne seront pas ſans doute auſſi heureux que mes vûes ſont légitimes : mais je goûterai du moins le plaiſir d'avoir payé mon tribut à la vérité.

Diviſion du Diſcours.

Je vais conſiderer la Satyre relativement à la Religion, à l'Etat & aux Lettres.

La Satyre utile & néceſſaire à la Société religieuſe.

La Religion révélée pour perfectionner le premier deſſein ſuivi par l'Auteur de la Nature, établit pour baſe du ſyſtème de notre bonheur, le grand principe de la bienveillance & de l'amour ſocial, qui nous fait regarder les hommes comme autant de portions de nous-mêmes, & agir comme des membres pour l'avantage du tout (1). N'eſt-ce donc pas ſuivre ſon eſprit, que d'ouvrir les veines par leſquelles un ferment deſtructeur circule dans la Société? Le glaive des loix ne tombe point ſur tous les abus; pourquoi la Religion n'animeroit-elle pas la Satyre à aiguiſer le ſien contre ceux que la néceſſité de ne pas tout punir juridiquement, pour ne pas tout dé-

(1) Les Juriſpubliciſtes & les Politiques ſont diviſés entr'eux ſur l'origine de la Société; mais la plûpart l'attribuent à cette bienveillance naturelle à l'homme ſociable. *Voy. Cumberland. Monteſquieu*, & entre pluſieurs autres *Rouſſeau*, qui a écrit poëtiquement ſur cette matière dans ſon Diſcours ſur l'inégalité des conditions. Ce principe pris dans un ſens plus ſtricte, forma une Société plus parfaite, telle qu'eſt la Chrétienne : il eſt inutile de montrer que la charité eſt le fondement de notre Religion. On peut voir là-deſſus le *Card. Bona*, *Princip. Vit. Chr. Part.* 2. 53. *Le Card.* de *Richelieu traite* de la *perfect.* du *Chrét.* c. 42. *Chanteſme* traite de la charité, &c. Note de M. *Rom.* fils.

truire, garantit, dans la corruption générale, des poursuites de la justice armée ? Chaque Citoyen, (partout où les hommes ont conservé la liberté de faire du bien aux hommes,) chaque Citoyen est une espèce de Magistrat chargé par la Nature de veiller à l'intérêt public. La Religion ne fait que nous confirmer dans ce droit.

C'est un principe de la Religion comme de la Raison, qu'il faut préférer le bien général au bien particulier. Les mœurs publiques exigent quelquefois le sacrifice de quelques hommes privés, ainsi que l'harmonie de la Nature emporte la destruction de certains corps. La Religion dont les chaînes sacrées descendent du thrône de la Divinité pour y aboutir encore, après avoir lié les hommes entr'eux, la Religion ne se taira donc pas sur les abus dangereux dans l'ordre des mœurs. Elle ne sçauroit ordonner à la charité de couvrir le vice de son manteau, quand sous son ombre le vice répandroit une contagion épidémique. Un torrent destructeur menace vos campagnes; jetterez-vous des ponts pour arrêter sa furie? Vous lui opposerez des digues, & jamais elles ne vous paroîtront assez fortes. Loin de donner des aîles au vice par une tolérance funeste, les Ecritures ordonnent expressément de lui imposer un frein, en dénonçant à la Sociéte ceux qui (1) s'y livrent.

---

(1) *Peccantes coram omnibus argue ut & cæteri, timorem habeant.* Timot. 5. *Corripe proximum ne forte iterum peccat.* Eccl. 19. *Si peccaverit in te frater tuus vade & corripe eum.... & si te non audierit dic Ecclesiæ.* Math. 18. &c. &c. &c. *Tot occidimus, quot ad mortem quotidie lepidi & tacentes videmus.* S. Greg. in Ezech. &c. M. R. fils remarque que jamais la Religion n'a été plus florissante, que quand les confessions publiques étoient en usage. Il ajoute que S. Charles Borromée & S. Philippe de Néri ne manquoient pas de couvrir les défauts cachés des autres, & qu'ils ne laissent pourtant pas que de vivre glorieusement dans le Ciel épuré, *vivono gloriosi nel Cielo.*

Je dois avertir le Lecteur, que je me suis

Quels vices il faut déceler.

Ce n'est pas à dire qu'il faille publier tous les vices occultes, & mettre, pour ainsi dire, à nud toutes les ames; car il ne seroit ni prudent ni utile de trop accoutumer l'homme à rougir publiquement de ses fautes, ou à se croire dispensé d'en rougir, vu par la multitude des coupables; ni de donner au vice, avec le sentiment de ses forces, une sorte de droit d'insulter à la vertu délaissée; ni d'humilier les loix & leurs défenseurs en constatant le péril prochain d'une anarchie intestine; ni d'oublier que les Citoyens ne seront jamais plus près de se haïr & de se détruire les uns les autres, que quand le masque sous lequel ils communiquent ensemble sera tout-à-fait levé; ni enfin de toucher à

---

borné à présenter la substance de ce que M. Rommolini dit fort au long sur la Satyre religieuse, & que j'ai transporté ailleurs des morceaux, qui ne me paroissoient pas ici à leur place.

des abus & à des préjugés quelquefois néceſſaires dans la République, lorſqu'il n'eſt pas poſſible d'y faire regner deſpotiquement la morale chrétienne. Les hommes que pourſuivra la Satyre, ſont ceux qu'il ne faut pas eſpérer de ramener par des voyes douces & ſecrettes au but où tend la Société. Les vices qu'elle frondera ſans égard, ſont ces vices épidémiques, que l'on ne ſçauroit ménager ou céler ſans les laiſſer croître pour la ruine du Chriſtianiſme & de l'Etat. Citoyens & Chrétiens, coupez la main qui ébranle les colonnes de l'Empire & de la Religion. Eſt-ce pour la République ou pour ſes ennemis que les loix vous protègent ?

Satyre utile au Particulier comme au Public.

Mais la Satyre en travaillant à ſauver la partie ſaine de la Société, applique en même tems le remède aux membres infectés. Elle employe les deux moyens les plus efficaces pour la correction des hommes, qui ſont de les déſabuſer &

de les punir. Il n'y a de vrai bien que la vertu, la Religion nous l'enseigne. Tous les autres prétendus biens, l'estime, l'honneur, la réputation, l'aisance, les richesses, flattent l'imagination déréglée sans remplir le vuide immense du cœur. Ne seroit-ce pas blesser la charité chrétienne, que de laisser nos frères se repaître des illusions d'un perfide bonheur, plutôt que de les rappeller à leurs devoirs, à la seule source d'une pure félicité ? N'est-il pas bon & honnête d'user même de violence, pour leur arracher le bandeau sous lequel ils vont tomber dans l'abîme avec tout leur bonheur avenir ? Seroit-ce un crime que de forcer les hommes à être heureux ? Si c'en est un, qu'est-ce que la vertu ?

Il est des momens où les passions, lasses de nous bercer, permettent à la raison de dissiper nos songes. Mais ces intervalles sont rares ; ils sont courts. Ce sont quelques lueurs égarées dans une vaſte nuit, dont elles ne ſervent qu'à faire appercevoir toute l'horreur. Les hommes ſont trop, tantôt hors d'eux-mêmes, & tantôt ſur eux-mêmes, pour bien juger de leur propre ſituation. Ils ne ſe placent preſque jamais à cette juſte portée du cœur, d'où les caractères du vice peuvent être diſcernés d'avec ceux de la vertu. On ſe laiſſe aller à ce qu'on appelle ſon ſort, & à ce qui n'eſt en effet que notre folie. L'ame tombe à la fin dans cette léthargie, où l'on perd toute connoiſſance, tout ſentiment de ſon état (1). Le Satyrique clair-voyant,

(1) C'eſt le propre des grands hommes, (& mon père étoit de ce nombre,) de dire beaucoup en peu de paroles. Un ignorant croira n'avoir entendu ici qu'une ſimple déclamation, où le ſage a ſenti que, ſous des paroles fortes & nobles, ſont preſſés de graves argumens. Il eſt utile d'expoſer les principes, d'où les bons eſprits tirent leurs conſéquences. L'Orateur marche méthodiquement; mais il faut réfléchir ſur ſon diſcours; pour découvrir ſa méthode: mon père définit d'abord la Satyre, expoſe ſon deſſein, prouve ſa première propoſition, répond

religieux & charitable qui nous fera sortir de cet état, ne sera-t-il pas notre bienfaiteur & celui de la Société? Considérons l'homme dans le moment où il cesse presque toujours de se méconnoître, lorsque le songe de la vie est sur le point de s'évanouir (1): que lui importe alors cette vie imaginaire, qu'il respiroit dans l'opinion d'autrui? Il voudroit bien avoir dans le fond de son cœur des témoignages qui le consolassent d'avoir vécu.

Comment il faut attaquer les vices.

Je n'aime point l'indulgent moraliste, il ne sçauroit remplir son ministère sacré. Il nous tiendra par la lisière; mais sa main au lieu de nous redresser avec

---

ensuite aux objections, &c. Celui qui ne sçait pas ce que c'est qu'un bon Discours éloigné du pédantisme, ne goûtera peut-être pas un Auteur aussi sage. L'Auteur de cette note y est assez clairement désigné.

(1) *Quomodo fabula sic vita est; non quam diù sed quam benè acta sit refert.* Seneq. Ep. 71. V. Pascal, Pens. sur la Relig. c. 29. Pope, Essai. c. 14.

violence, cédera mollement à nos penchans, & nous caressera dans nos chutes. Une vigoureuse Satyre peut seule produire de grands effets. Elle lance la foudre contre le vice, ou elle accable le vicieux de sarcasmes. L'esprit de l'homme est fait de telle manière, qu'il souffre plus encore du ridicule que d'un châtiment rigoureux (1). *Comment serois-je soumis à tes ordres*, disoit un Soldat duelliste à Pharamond, *tu ne punis que de mort ceux qui les violent, & tu punis d'infâmie ceux qui les observent? Apprens que je crains moins la mort que le mépris.* Quand un scélérat verra ses jours sous le tranchant du glaive, il se dira à lui-même pour se consoler de son malheur : *J'ai lutté contre les loix, & si je cède, ce n'est qu'aux forces de toute la Nation réunies dans la main de son ven-*

(1) Voyez l'Abbé de Bellegarde dans ses Réflexions sur le ridicul ; M. de la Chombre, Caractère des passions, &c.

geur. Mais quand l'homme ſans mœurs aura été expoſé par la raillerie à la riſée, il ne verra qu'avec une extrême douleur que la vengeance & la peine ne daignent point s'abaiſſer gravement juſqu'à lui, & que toute ſon iniquité ne ſçauroit faire face à un mépris amer. Le ſcélérat attache à ſes forfaits une ſorte de grandeur. La maxime de Denis le Tyran étoit qu'il *n'y avoit pas de plus beau ſuaire que la tyrannie*. Il eſt certain que la dériſion excitée par une raillerie cauſtique, ſera inſupportable pour tout homme qui, avec quelque opinion de lui-même, ne s'eſt pas mis entièrement au-deſſus de l'opinion des autres. Couvrez donc de ridicule l'objet de votre Satyre. Relevez en lui les défauts du corps, la baſſeſſe de l'extraction, la pauvreté, & tout ce qui pourra le faire rougir; car il arrive ſouvent pour la conſolation de la vertu, que celui qui eſt inſenſible au reproche d'avoir un cœur

cœur corrompu, ne ſoutient pas l'affront d'être ſans biens ou ſans ayeux (1).

(1) Il y a ſans doute des circonſtances où l'on pourra ſuivre ſans danger & même avec fruit dans ſa pratique, l'opinion de l'Auteur; mais je penſe qu'il y auroit de grands inconvéniens à lui donner trop de crédit. Il ne faut point entretenir les hommes dans leurs faux préjugés, & les accoutumer à attacher la honte à des défauts qui ne les rendent pas moins eſtimables, comme aux vices qui les rendent odieux. Le juſte cenſeur ne louera point un Citoyen des biens que la fortune lui aura diſtribués, pourquoi le blâmeroit-il, s'ils lui avoient été refuſés par cette aveugle fortune? Nous ne méritons la louange ou le blâme, que par l'uſage que nous faiſons des biens & des maux. Vous ne ferez qu'aigrir le méchant, en lui reprochant les défauts qu'il n'eſt pas en lui de réformer, & qui lui paroîtront alors plus hideux que ſes vices. D'ailleurs la Satyre eſt écrite pour le Public, & quand vous pourriez corriger un mauvais Citoyen, en lui objectant, par exemple, ſa naiſſance, peut-être ſeroit-il à propos de ne pas le tenter, pour ne point humilier tout un Peuple né, comme lui, dans la lie de l'Etat, & enfler l'orgueil de ceux que l'Etat a reçus dans un plus noble berceau. Les hommes diſgraciés de la Nature, ou maltraités de la fortune, ſont par cet endroit même plus reſpectables que les autres hommes, puiſqu'ils ſont plus malheureux ſans l'avoir mérité.

La Nature & la Fortune sont d'intelligence avec vous; elles vous prêtent des armes pour le frapper. Qu'importe qu'il ne soit pas coupable du vice de sa naissance, pourvu qu'il soit puni de ceux qu'il professe par choix. Vous avez trouvé l'endroit sensible de son cœur: percez-le sans égard, & laissez le poignard dans la blessure.

Les livres saints condamnent, je l'avoue, la dérision, mais dans la bouche d'un injuste détracteur (1). Que des hom-

(1) Tout ce que Stramusoli, Drexelius, les Polyanthea, les Concordances, &c. ont dit de la dérision, ne fait rien contre la Satyre. Le grand crime de la dérision, c'est de ne pas dire la vérité. C'est dans ce sens que Cornélius à Lapide & les meilleurs interprètes expliquent ces paroles de J. C. Math. 6. *qui dixerit fratri suo fatue reus erit gehennæ ignis.* Il n'y a de condamnable que les injures dites dans une mauvaise fin, puisque J.C. lui-même a appellé S. Pierre *fatuum* Math. 15. & ses disciples allant à Emmaüs, *fatuos tardes corde*, &c. La plûpart des Pères ont pris la même liberté. L'éloquent Salvien est un de ceux qui ont lancé l'invective

mes qui n'exiſtent & ne penſent que pour nuire, controuvent des ridicules & des crimes pour flétrir des innocens, ce n'eſt point-là la Satyre ! La fauſſeté lui eſt étrangère. La calomnie pourſuit le Citoyen pour l'accabler ; la Satyre pour le corriger. Le ſatyrique crie au feu, le calomniateur l'allume. Celui-là ſert le Public, celui-ci ſa paſſion. Les loix ſeront juſtes, quand elles condamneront le détracteur, pour avoir tourmenté l'innocence. La Providence, qui veille ſur l'Empire, ſeroit-elle répréhenſible, ſi elle récompenſoit le cenſeur franc & courageux, qui couvre de ſon bouclier la Société ? Il aura peut-être troublé la paix, la paix chrétienne, mais pour la rendre plus profonde. Il falloit pour être le promoteur de la vertu, qu'il fût l'organe de la vérité.

---

avec plus de force. S. Auguſtin a bien réuſſi à manier le ridicule. M. R.

Pourquoi donc la Satyre eſt-elle regardée comme ennemie de la charité ? parce qu'il y a peu de perſonnes qui ne méritent d'en être l'objet. Ne nous y trompons pas : c'eſt bien moins une bienveillance générale pour l'humanité qui nous révolte contre la cenſure adreſſée à autrui, que la ſenſibilité de notre amour-propre allarmé pour notre intérêt perſonnel. Nous nous faiſons preſque tous une morale de pratique, au moyen de laquelle nous laiſſons à côté les ſpéculations de la ſaine morale. Cette raiſon factice reſſemblant en petit à la raiſon d'état, nous ne manquons pas de l'appliquer à la conduite de nos pareils, & de l'armer contre leurs cenſeurs des principes de la lumière naturelle. De-là le ſophiſme par lequel l'amour-propre nous perſuade, qu'il eſt de l'honnêteté de couvrir les vices, & de la charité de défendre les coupables. Après s'être dit à lui-même qu'une Satyre de nos défauts em-

Pourquoi la Satyre eſt-elle déteſtée ?

poiſonneroit nos jours, il nous rappelle ce grand principe qu'*il ne faut point faire à autrui ce que nous ne voudrions pas qu'on nous fît à nous-mêmes.* Souvent nous nous reconnoiſſons dans les portraits des autres, & alors nous adoptons, ſi je puis le dire, leur peine, en tournant contre nous les traits que l'on lançoit ſur eux (1). Enfin l'on ſe repréſente la haine dont eſt chargé le ſatyrique par la plus nombreuſe partie de la Société, haine que nous n'aurions pas le courage de mériter. Unis de ſentiment & d'intérêt avec le grand nombre, nous ſuivons le torrent, & nous groſſiſſons l'opinion publique. Tel eſt le jeu de l'amour-propre; il emprunte le nom de la bienveillance fraternelle, pour avoir plus de droit à accuſer la Satyre. Il faut le démaſquer, & venger

(1) *Reperies qui ob ſimilitudinem morum aliena facta ſibi objectari putent.* Tacit. Ann. IV. 31.

tout à la fois & l'amour de l'humanité qu'il déshonore, & la censure qu'il déteste.

La Satyre politique.

2°. Entrons dans les Sociétés politiques. Les Etats sont sujets comme les hommes à se dépraver. L'ennui de notre état présent qui nous dégoûte par ses peines, ou qui nous fatigue par son calme, l'inquiétude née de cet ennui, laquelle nous presse de chercher une nouvelle manière d'être : enfin toutes les passions qui, en corrompant les mœurs, relâchent les nœuds de la Société, sont autant de causes par lesquelles les corps politiques tendent, comme les corps physiques, à leur destruction. Lorsque quelqu'un de ces vices aura donné le mouvement à la roue des révolutions, il n'y aura pas d'autre moyen de conserver le gouvernement dans sa première forme, que de le ramener à ses principes par un mouvement contraire. Pour le maintien de la République, il faudra relever la vertu; il faudra épurer l'honneur pour redresser la monarchie, & s'il étoit possible d'approuver le despotisme, avilir les ames qu'il vaudra mieux élever pour l'anéantir.

Le Législateur des Chinois appelle la vertu, la base des Empires. Elle l'est surtout de la Démocratie. C'est-là que l'amour des devoirs patriotiques doit être le premier sentiment du Citoyen. Nous sommes nés sans doute avec le goût de la vertu; mais nous n'en connoissons pas d'abord assez le prix, pour ne pas chercher hors d'elle notre récompense, & pour passer sur les dégoûts que les passions répandent autour d'elle, si de puissans encouragemens ne nous y portent. La vertu républicaine n'a sur le cœur du Citoyen qu'un empire précaire & chancelant, tant qu'isolant son individu & calculant ses travaux, au lieu de se considérer avec l'Etat entier, & de se rem-

Nécessaire dans la Démocratie.

plir du bonheur commun, il eſt plus à lui-même qu'à la République. Tant que l'amour de la patrie s'arrête aux degrés ſubalternes, il tombe tôt ou tard ſous les attaques d'une paſſion intéreſſée à former un mauvais Citoyen. Il eſt difficile à un homme de parvenir au ſublime de la vertu, il eſt impoſſible à tout un Peuple de s'y maintenir. Le Légiſlateur Démocratique, pour avoir paſſé le niveau de l'égalité politique ſur la tête des Citoyens, n'a pas toutefois anéanti toute inégalité de talens, d'honneurs & de mérite parmi eux. Les uns ſont donc reſtés naturellement plus forts que les autres, & par-là diſpoſés à ſe rendre politiquement plus grands. Dès qu'ils regarderont autour d'eux, ils ſeront tentés d'attirer dans leurs mains toute la ſouveraineté; le Peuple n'aura pas plutôt ſenti leurs efforts, qu'il tâchera de les dépouiller de toute diſtinction. Les prétentions des uns banniront

la

la frugalité ; les succès des autres introduiront la licence : ainsi s'éteindra l'esprit républicain.

Commen Démocratie se corrompt.

La frugalité n'est qu'un vain nom, lorsque des Citoyens puissans excitent dans la République la soif de l'or, pour assouvir celle qu'ils ont de regner ; lorsque le Peuple séduit ou subjugué par le luxe & les vices qui l'escortent, nourrit par son avarice des brigues funestes, au lieu des divisions utiles qu'entretenoit l'émulation, lorsque le desir de la grandeur personnelle se détournant de la vertu, ronge & dévore petit à petit celui de la félicité publique. Alors l'Etat tombe dans de violentes convulsions ; & la populace pensant encore agir pour sa liberté, ne sert qu'à déterminer par ses mouvemens de quel Chef de factions elle sera l'esclave.

La liberté n'est qu'un nom, lorsqu'elle ne sert aux Citoyens qu'à s'offenser les uns les autres impunément ; lorsque les

Loix & les Magiſtrats ne ſont que des phantômes qui ceſſent bientôt d'effrayer; lorſque les mœurs anciennes étant abandonnées, les nouveautés s'introduiſent ſans ſyſtème. Alors le grand reſſort de la Démocratie eſt ſans action. Il ne reſte dans l'Etat qu'un mouvement confus, pareil à celui d'une machine qui ſe diſſout. Nul Citoyen n'eſt politiquement libre, parce que tous le ſont contre les loix; & dans cette funeſte ochlocratie, le Peuple plus travaillé de ſa liberté qu'il ne le feroit de la ſervitude (1), s'écrie comme dans la Monarchie du Dante : *Vive la mort.*

Il eſt certain qu'une ame haute qui a goûté la douceur de commander, & qu'un Peuple conduit par une orgueilleuſe ignorance, ne peuvent être que difficilement retenus dans les bornes de la modéra-

---

(1) *Nec totam ſervitutem pati poſſunt, nec totam libertatem.* Tacit. Hiſt. l. 1. Voy. Machiavel ſur la prem. Déc. de Tite-Live.

tion. Plus propres à prévenir la corruption qu'à y remédier, l'ostracisme, l'insurrection & les autres moyens aussi durs, ne sont pas toujours praticables & fructueux (1). L'autorité des mœurs du sage & ses avis ne forment point un contrepoids suffisant contre le vice déclaré. Lorsque la corruption est répandue, les supplices couperont bien quelques branches du mal ; mais de nouveaux rejettons viciés pulluleront bientôt à l'endroit qu'aura frappé la hache. De nou-

(1) L'ostracisme étoit en usage à Athènes & à Ephèse, & l'insurrection en Crète. On peut voir là-dessus Aristote, polit. l. 2. Plut. Moral. & dans ses Vies. Le *Pétalisme* introduit à Syracuse, étoit de ces sortes de loix injustes & utiles à différens égards la plus singulière & la plus odieuse. L'ostracisme n'exiloit qu'un Citoyen tous les cinq ans, & par le jugement d'un grand nombre de Citoyens ; au lieu que par le pétalisme, les principaux Citoyens se bannissoient les uns les autres, seulement en se mettant une feuille ou pétale d'olivier à la main. L'abus de ces pratiques en amena la destruction.

velles loix auroient ſans ceſſe beſoin d'être étayées par de nouvelles loix, & toute leur maſſe s'écrouleroit ſous le poids de ces innovations. Il ne reſtera donc plus pour ſoutien à la vertu qu'elle-même.

Moyen de rétablir la Démocratie.

La liberté des accuſations également éloignée de la foibleſſe qui tolère & de la licence qui calomnie, eſt démontrée par l'expérience, & avouée par les politiques, le moyen le plus efficace pour remonter la Démocratie. Les Cenſeurs & les Tribuns furent les plus redoutables ennemis de l'ambition & de l'inſolence des Romains (1). A Sparte, il n'y avoit pas juſqu'aux filles qui, dans certaines fêtes, n'euſſent la liberté d'inſul-

(1) Il faut pourtant bien diſtinguer les effets de la Cenſure d'avec ceux du Tribunat. Le Tribunat défendit la liberté : la Cenſure ſoutint les mœurs. Le Tribunat ſervit la ſédition, & la Cenſure lutta toujours contre le vice. Voyez ſur la liberté des accuſations Machiav. *ubi ſuprà*, Monteſq. Eſprit des Loix, l. 11, c. 14.

rer par des traits ſatyriques, ceux qui avoient marqué quelque foibleſſe (1). Quand l'Etat eſt encore dans ſa vigueur, la plus grande peine d'une mauvaiſe action eſt d'en être convaincu : dans la corruption générale des mœurs, il s'agit moins de conſtater le mal que d'en faire déteſter les cauſes, de retrancher en détail les abus, que d'en arracher les racines, d'immoler quelques Citoyens, que de renverſer tout un Peuple, & de ſoutenir l'Etat, que de le fonder de nouveau.

La Satyre eſt le meilleur de ces moyens.

La Satyre & la Satyre ſeule remplira tous ces objets. Elle intentera des accuſations publiques ; elle portera des arrêts équitables ; elle infligera des peines utiles. Sa cenſure ne ſe borne point, comme la Philoſophie, à expoſer les cauſes, les effets, & les remèdes du mal ; il faut qu'elle nous entraîne dans les routes que

(1) Plutarq. Vie de Licurg.

ses leçons nous tracent. Elle n'est pas satisfaite comme la justice, quand le coupable est puni, si le châtiment ne change pas son cœur. Elle ne s'arrête point, comme les loix, à statuer sur quelques crimes & contre les Particuliers, toutes les actions, tous les ordres de l'Etat, les Loix mêmes, & la République en corps sont soumis à sa réforme (1). Un avantage qui lui est propre, c'est de laisser sa censure toujours exposée à la vûe des Citoyens, d'opérer sur un genre de personnes au moment où un autre lui échappe, & de pouvoir produire à la longue l'effet qu'elle n'a quelquefois pas tout d'un coup.

Un Citoyen sous un masque religieux, cache un principe de tyrannie, qu'il tremble; la Satyre a inspiré au Peuple une telle horreur de l'esclavage, que sans un

(1) Il ne faut point oublier qu'il ne s'agit ici que des Etats républicains.

aveuglement inconcevable, l'aspect des fers le fera frissonner. L'ambition déréglée, une noire trahison, la lésion de la majesté publique ont déjà contre elles tous les cœurs. L'ennemi sourd de la liberté n'a qu'à donner un signal de rébellion, la République entiere se souleve dès qu'elle l'apperçoit. L'audace peut en imposer au Peuple, mais la Satyre le rétablira dans sa fierté. Si la simple voix d'un imposteur a pû dissoudre les Etats, que ne fera point contre une poignée de Conjurés le discours d'un Citoyen adapté au tems & au génie des Peuples. Machiavel, ce Républicain féroce, ce profond politique n'ayant que son esprit à opposer à la puissance des Médicis, s'attache à réchauffer le courage engourdi des Florentins, en leur représentant dans l'exemple odieux du Duc de Valentinois, toute l'énormité de la tyrannie qui s'appesantissoit sur la République. Il fei- Ruse de Machiavel.

gnit d'adopter des sentimens opposés à son système ; & par cet artifice, il mit sa Satyre en état d'être dédiée à ceux-là mêmes qu'elle attaquoit. Son dessein n'échappa point aux politiques, & sa Satyre fut d'abord admirée ; mais mal entendue dans la suite, elle a fait, au grand étonnement des sages, regarder comme l'instituteur des tyrans, un *Monarcomaque* plus obstiné que Brutus (1).

(1) M. R. suit au sujet de Machiavel le sentiment de Bacon, de Scipion Gentil, de Scioppius, & de plusieurs autres Ecrivains. Ces Auteurs s'appuyent sur ce que Machiavel étoit Secrétaire de la République, Citoyen accrédité, & par-là même contraire aux Médicis ; sur ce que Nardi son contemporain assure que, lorsque les Florentins empoisonnèrent le Cardinal Hyppolite, il fut trouvé complice de la mort de ce Cardinal ; sur ce qu'il fut un des principaux Panégyristes de la liberté, & du Cardinal Jules de Médicis, lorsqu'après la mort de Léon X ce Cardinal feignit de vouloir la rendre à sa patrie ; enfin sur les véhémentes déclamations contre la tyrannie répandues dans ses discours sur les Décades, en particulier dans le ch. X,

La Satyre politique eſt, ſans contre-dit, de toutes les eſpèces de Satyres

Combien la Satyre politique doit être traitée avec circonſpection.

du 1 liv. & ailleurs. Ces preuves & d'autres ſemblables ſont développées par Scioppius dans ſes *Pædia politic.* par Corring. Diſc. prélim. ſur le Prince ; par Chriſt. Vie de Machiavel, & par Bayle, Dict. Art. Mach. M. Romolini fils ne ſe rend pas à ces raiſons. L'horreur que l'on a généralement pour ce politique, & les cenſures dont le Vatican l'a frappé, lui paroiſſent des argumens victorieux pour l'opinion contraire. L'ouvrage de Machiavel eſt ſans doute abominable, ſi on ne lui ſuppoſe pas des vûes oppoſées aux principes qu'il établit ; & comme l'eſprit de l'Auteur ne ſe montre que dans des faits étrangers à ſon livre, il n'eſt pas étonnant que ſes Lecteurs n'ayant pas connoiſſance, ou ne faiſant pas une juſte combinaiſon de ces faits, ayent pris ſon ouvrage dans le ſens qui ſe préſente naturellement, & ſe ſoient ſoulevés contre lui, comme s'il enſeignoit la tyrannie ; ce qui eſt plus que ſuffiſant pour attirer juſtement ſur un ouvrage les cenſures de l'Egliſe. Il eſt certain qu'à ne pas admettre le ſentiment de M. R. le père, Machiavel tombe dans la contradiction la plus groſſière. M. Hume l'a très-bien remarqué dans ſon *Eſſai ſur l'étude de l'Hiſtoire* ; « Machiavel, dit ce célèbre Anglois, paroît pénetré du ſentiment de la » vertu dans ſon Hiſtoire de Florence. Dans » ſes raiſonnemens généraux, où il n'eſt que » politique, (M. H. auroit dû excepter au moins celle qui exige le plus de circonſpection & de fineſſe. Lorſque le péril ſera éloigné, elle ne criera point à la deſtruction, pour ameuter le Peuple autour d'un atôme : le Peuple n'appercevroit pas le danger, ou s'il l'appercevoit, il le groſſiroit ; & par-là ou il conſommeroit le déſordre, s'il le croyoit

» une partie de ſes Décades,) il conſidère l'aſſaſ-
» ſinat, le poiſon, le parjure, comme des moyens
» légitimes de gouvernement ; mais dans les
» narrations particulières où il eſt Hiſtorien,
» il parle avec une indignation ſi véhémente
» contre le vice, & avec une chaleur ſi tendre
» pour la vertu, que je ne puis m'empêcher de
» lui appliquer le vers d'Horace :

Naturam expellas furcâ tamen uſque recurret.

L'on n'accuſe d'inconſéquence & de contradiction des Auteurs, que parce qu'on ne conſidère ſouvent pas aſſez leurs différentes vûes & les différens rôles qu'ils ont joués. C'eſt ce que le ſçavant M. Warbhurton a montré avec une grande ſagacité au ſujet des anciens Philoſophes, comme on peut le voir dans le précieux recueil des *Diſſertations ſur l'union de la Religion, de la Morale & de la Politique.*

prêt à tout bouleverser, ou il seroit sourd dans la suite aux allarmes, parce qu'il y auroit été trompé. Il suffit dans ce cas d'ouvrir les yeux aux sages, & de réveiller l'attention des Magistrats. Il n'en sera pas de même, quand quelques étincelles de la foudre auront annoncé un orage prochain & terrible, il s'agit alors de ramasser toute la vertu de l'Etat, pour le prévenir ou pour lui faire tête. Mais si un adroit Usurpateur s'étoit saisi des loix & des esprits, du bouclier & de l'épée de l'Etat, s'il avoit sçu changer tous les ressorts politiques, sans altérer l'ancienne surface du Gouvernement, si énervant les ames par les plaisirs, remplissant les esprits d'agréables frivolités, gagnant les cœurs par des largesses, il avoit rendu la servitude plus douce que la liberté, quel art ne faudroit-il pas pour faire regretter les mœurs anciennes à un Peuple enyvré de la nouveauté, & lui persuader qu'il eſt malheureux quand il ſe croit heureux, & miner ſourdement les autels d'une idole défendue par le reſpect & l'amour ?

Il n'appartient pas de s'ériger en Satyrique à celui qui ne ſçait faire la différence ni des périls, ni des circonſtances, ni des tems, ni des mœurs, ni des génies, ni des gouvernemens. Mal apprêté, ou donné mal-à-propos, le remède nuit. Je ne donnerai point les règles à obſerver dans les différens cas. Ceux qui n'ont pas le tact naturel pour les diſcerner m'écouteroient en vain; les autres en ſçavent là-deſſus plus que moi, & c'eſt dans cette dernière claſſe que la Nature a préparé des Cenſeurs à la Société. L'indignation ne ſupplée point au talent.

La Satyre néceſſaire dans l'Ariſtocratie.

Etendons à l'Ariſtocratie ce que nous avons dit de l'état populaire. Elle a un plus grand beſoin de la Satyre, elle en recueille auſſi plus de fruit. Dans la

Démocratie, le Peuple oppose aux Grands sa souveraineté. Dans l'Aristocratie, quand le pouvoir des Nobles devient arbitraire, le Peuple n'a que la Satyre pour les contenir. Les Sujets sont des juges assez compétens pour prononcer si l'esprit de modération se perd, & si d'un Sénat Roi il sort plusieurs tyrans. Par malheur les Grands armés de l'autorité suprême, sont ici plus redoutables que partout ailleurs, pour quiconque ose entreprendre sur leurs prétentions : mais aussi la Satyre parlant au nom des Loix, aura nécessairement pour elle tout le Peuple, & infailliblement une partie des Nobles. Après avoir démontré qu'un complot de tyrannie ne sçauroit tourner au profit du corps entier des Sénateurs, elle exposera le tableau des mouvemens par lesquels l'Aristocratie passe à l'Oligarchie, & de l'Oligarchie à la Monarchie, ou plutôt au despotisme. En ne s'attachant qu'à la portion des Grands les plus redoutables, elle animera contre eux tous les autres qui, nés sans Supérieurs, se ligueront avec elle & les Loix, pour n'être point asservis par leurs égaux. L'égalité s'affermira entr'eux par cette lutte, & la liberté du Peuple se maintiendra par cette égalité. Enfin les Seigneurs Aristocratiques seront plus populaires, si la Satyre leur persuade qu'il y a plus de peine que de plaisir à commander, & elle conduira le gouvernement d'autant plus près de sa perfection, qu'elle engagera un plus grand nombre des familles regnantes à gouverner d'après cet axiome.

La Satyre nécessaire dans la Monarchie.

Le gouvernement Monarchique, comme plus indépendant que les constitutions républicaines de la multitude inquiète & changeante, n'exige pas une pratique aussi constante de la vertu, ni par conséquent un usage aussi fréquent de la Satyre. L'autorité des Loix dispenſe les Sujets de l'habitude des vertus ; mais ce n'eſt pas à dire qu'elles en tiennent abſolument la place : car les Loix ſans les vertus ne ſont que des tyrans qui forcent la main, & de foibles tyrans qui ſeront tôt ou tard renverſés par les mœurs. L'honneur eſt dans la main des Rois un puiſſant aiguillon pour animer les Peuples ; mais ce n'eſt pas à dire qu'il ſuffiſe à la Monarchie ſans l'amour de la patrie, ſans le deſir de la vraye gloire, ſans le ſacrifice de ſes plus chers intérêts ; parce que ſans les vertus, l'honneur ne s'attachant pas déterminément à un objet patriotique, ne ſera qu'un vain nom errant au gré des mœurs, lequel finira par déſigner la corruption. L'honneur eſt un principe de deſtruction, s'il ne ſe règle ſur les maximes de l'honnêteté.

Le parfait équilibre de la Monarchie ne ſubſiſtera qu'autant que le Prince aura l'eſprit républicain, & les Sujets un eſprit généreux de soumission, autant que la Majesté n'abusera point de ses droits pour les grossir au détriment de la liberté, ni la liberté de ses prérogatives pour les augmenter aux dépens de la Majesté. Il faudra par conséquent que les Peuples ne séparent point la vertu de l'honneur, & que le Roi lui-même soit le premier à respecter les Loix. Voilà les deux grands principes de la Monarchie.

La Monarchie se détruit, lorsque le Prince rapporte tout à lui seul, sans égard pour les Loix par lesquelles il est libre, ni pour ses Sujets par lesquels il est grand; lorsque les dignités sont les livrées de la servitude, & que les Nobles & autres dépositaires du pouvoir subalterne, ne sont que les instrumens aveugles du gouvernement arbitraire; lorsque le vrai honneur confondu avec le faux est en contradiction avec

lui-même

lui-même (1). Alors la Monarchie expire, si vous n'épurez les sentimens de la Nation. On a remarqué que les Sujets prenoient sur le Thrône les modèles de leur conduite ; il arrive bien plus généralement que le Souverain se forme sur le caractère national. Chez un Peuple doux & humain, il est peu de tyrans. Les Despotes, c'est-à-dire, les Souverains qui règnent sans les Loix, se trouvent chez les Nations où chaque Sujet seroit tyran lui-même, s'il étoit maître.

L'honneur est un sentiment sur lequel la force des Loix ne sçauroit agir avec efficacité. On ne le commande point, il faut l'inspirer ; ainsi il n'y a d'autre ressource, quand il est vuide de vertu, que de dévoiler tout l'opprobre que la raison attache aux vices qu'il embellit. Considérations sur l'honneur.

(1) M. Romolini copie ici, comme en plusieurs autres endroits, l'Esprit des Loix.

La Satyre, par ſon ridicule amer & piquant, eſt très-propre à couvrir le front du Citoyen, de la honte qui ſuppoſe dans le cœur quelqu'amour pour la gloire. Elle l'excite ce deſir & l'éclaire. C'eſt ſurtout chez les Nobles placés entre le Thrône & le Peuple pour protéger le Peuple & pour ſoutenir le Thrône, c'eſt ſurtout dans cet ordre de Citoyens qu'il eſt néceſſaire d'entretenir l'honneur & de le rappeller à ſes juſtes devoirs. La Nobleſſe n'eſt que l'honneur lui-même tranſmis avec des diſtinctions par nos ayeux, ſous la charge de les mériter. Un Citoyen inſtruit que les Nobles ſont obligés ſpécialement d'entreprendre en faveur du Monarque tout ce qui peut le rendre véritablement plus grand & plus heureux, c'eſt-à-dire, tout ce qui peut lui donner plus d'ardeur & de moyens pour faire le bonheur de ſes Sujets; ce Citoyen, autoriſé à écrire en faveur des mœurs, réveilleroit par d'officieux reproches, ceux qui se seroient endormis honteusement sous les cendres de leurs ayeux. Il donneroit la voix à ces cendres, pour les faire tonner contre l'indigne postérité qui les auroit déshonorées, & il rendroit aux uns & aux autres la gloire ou l'infamie qui leur seroit dûe. Ses écrits seroient le code de l'honneur. Là, les Grands apprendroient combien il est lâche d'aspirer aux dignités, quand les voyes honnêtes leur en sont fermées; combien il est humiliant de n'exister que par ses pères, & de ne paroître que sous le masque, sous un nom qui n'est point notre nom; combien il est affreux d'oublier que le crédit n'est qu'un devoir plus strict & plus étendu de faire le bien, & que l'épée n'est dans leurs mains que pour la défense de l'Etat; combien il est flétrissant de passer sur le grand théâtre, sans y laisser des traces qui ne méritent d'en être effacées, & de mourir sans avoir vécu; combien il eſt important de donner à ſes enfans, & par ſes leçons & par ſes exemples, une éducation toute oppoſée à celle qui, en les flattant de ce qu'ils ſont nés Grands, leur ôte l'envie & les moyens de le devenir.

C'eſt dans le même Code que tous les Ordres de l'Etat s'inſtruiroient de leurs devoirs, & trouveroient la peine de leurs vices. Puiſſe-t-il leur inſpirer une horreur ſacrée de l'intérêt, de ce vil intérêt qui, juſtifié par les paſſions comme le cri de la Nature, ſe gliſſe partout ſous des formes trompeuſes, & quelquefois reſpectables, défend les ſacrifices, conſeille le crime, ſe joue de l'honneur, affronte l'infâmie, achete la conſidération, ſe ſouſtrait à la rigueur des Loix, & conſume la Société! Je ne ferai que leur préſenter la pierre de touche de l'honneur, dans ces deux axiomes politiques, qu'il eſt néceſſaire de graver dans toutes les ames: 1°. *Il n'y a plus de véritable honneur, lorſque l'or eſt le ſigne de l'honneur, comme il l'eſt des denrées. 2°. Il n'y a plus de véritable honneur, lorſque la honte eſt attachée moins au crime qu'au châtiment.* Accorder la conſidération aux richeſſes & juſtifier les méchans par l'impunité, c'eſt inviter la cupidité à déchirer les entrailles de l'Etat pour en tirer de l'or; c'eſt prouver par les mœurs qu'il n'y a rien de condamnable que la mal-adreſſe, qui ne ſçait pas eſquiver la roue.

Le Monarque encouragera l'honneur patriotique, en l'attachant aux actions utiles à l'Etat. Il propoſera des récompenſes. Il donnera une grande valeur aux ſignes les plus ſimples (1). Là

Comment rétablir l'honneur.

(1) M. R. ajoute ici un trait qui fait alluſion à l'inſtitution de l'Ordre de *Marie-Thereſe*, par l'Impératrice Reine. « Cette magnanime & glorieuſe Héroïne, s'écrie-t-il, qui fait » tout à la fois les délices & l'étonnement du » monde, après avoir répandu ſes thréſors,

gloire, la réputation, l'immortalité ne fussent-elles en elles-mêmes qu'une fumée, elles n'en sont pas moins des biens réels pour l'Etat dans lequel elles maintiennent l'amour du grand & du beau, & avec cet amour l'esprit de liberté. L'éloge qu'en fera la Satyre ne contribuera pas peu à en nourrir le goût. La Satyre loue (1), parce qu'elle est juste, & que l'éloge du bien renforce la censure du mal. A la vérité, elle loue sobrement, parce que son but est de faire la guerre au vice, mais par-là ses louanges sont plus flatteuses & plus encourageantes. *La nature de l'honneur*, a dit un grand Ecrivain, *est d'avoir pour Cen-*

» comment a-t-elle pensé à enflammer le cœur » de la Noblesse Germanique, sinon par un » simple signe d'honneur? Il n'est point de tra- » vaux qu'on n'essuye pour le mériter. »

(1) M. Dacier a fort bien remarqué que la Satyre, dans sa primitive institution, s'attachoit plus à exalter la vertu qu'à censurer le vice.

ſeur tout l'Univers; tout homme qui y manque eſt ſujet aux reproches de ceux même qui n'en ont point. Que ne doit-on pas attendre de la Satyre attentive à en développer l'eſſence, à en marquer les caractères, à en animer le deſir? L'immortel Marquis Maffei nous l'a appris. Sa piquante cenſure contre les duels a renverſé un reſte miſérable de l'ancienne barbarie, confondu avec le véritable honneur (1).

(1) M. le Marquis Maffei publia en 1710 un Traité *della Scienza Cavalleresca*, à l'occaſion d'une querelle qu'avoit eue ſon frere aîné. Il y montre avec force combien le duel eſt contraire à la ſaine raiſon & à la bonne morale. Son ouvrage fut néanmoins réfuté par le Comte Caſtiglioni de Milan, & par quelques autres Ecrivains. Les éditions multipliées qu'on en a faites depuis, prouvent qu'on ne lui a porté que des coups inutiles. M. Paul-Marie Doria, dans une Lettre écrite en 1740 touchant les diſputes de M. Maffei avec le Prevôt Gori, vint trente ans après revendiquer la doctrine & le ſyſtème *della Scienza Cavalleresca*, comme tirés d'un de ſes ouvrages *della Scienza Civile*. L'Italie n'a pas tenu compte de ſa ré-

Dans la Monarchie, dit M. de Montesquieu, *quelque trait va contre le Monarque? il est si haut que le trait n'arrive point jusqu'à lui.* Mais puisque les Loix n'ont point de bras pour contraindre les Souverains à leur obéir, les Peuples seront-ils réduits à souffrir en silence, lorsque la Monarchie en se roidissant dégénerera en despotisme? Cette question est résolue par les principes que nous avons établis. La tyrannie a besoin d'instrumens. Il est des Corps dépositaires d'une partie de l'autorité, des Loix, des intérêts des Peuples.

Les Juges de la Perse disoient sans cesse au grand Roi: *Seigneur, ce qui vous plaît est juste.* C'étoit-là l'axiome fondamental du gouvernement. A la Chine, les Mandarins se sont faits étrangler les uns

---

clamation. Il est certain que le ridicule amer jetté par le Marquis Maffei sur l'usage barbare de l'ancienne Chevalerie que nous avons conservé, produisit en Italie un effet surprenant.

après

après les autres, & la tyrannie s'est arrêtée. Sous un gouvernement doux & modéré comme celui de la France, le Souverain lui-même invite les Magistrats à porter aux pieds du Thrône les vœux & les besoins des Peuples; c'est un père dont les entrailles ne sont jamais fermées aux justes plaintes de ses enfans. Dans des Etats moins libres & moins fortunés, il faut par des voyes sages, modérées & saintes, aller, s'il est possible, jusqu'au cœur du Monarque. Le traité le plus fort contre le despotisme, a dit un Auteur moderne, seroit le traité du bonheur & de la conservation des Rois. Que l'Histoire des bons & des mauvais Princes apprenne aux Souverains combien la liberté des Sujets rehausse la gloire du Maître, & combien le ressort de la crainte est fragile auprès de celui de l'amour. Si les hommes s'occupoient de l'intérêt que les Nations doivent prendre à leur bonheur réciproque, une voix étrangére plaideroit utilement dans certaines circonstances la cause de l'Etat opprimé. L'Aretin fit trembler tous les Rois de l'Europe : que ne parloit-il pour l'intérêt des Peuples en Citoyen du monde, son nom seroit sacré chez toutes les Nations ? Tout autre motif rendoit son audace odieuse & punissable.

Effet de la Satyre contre les Rois

La plume de Buchanan bouleversa l'Ecosse, & tourmenta une malheureuse Reine. Antoine Perez jetta l'allarme dans le cœur d'un Philippe II. Les Histoires de Guicciardin agiterent toute l'Italie. L'Espagne fut ébranlée par l'impétueux Boccalini. Ces Empires en ont-ils été plus heureux ? Les traits de semblables Satyres perdent le plus souvent leur force sans arriver à leur but, & n'en reprennent qu'en retombant sur ceux qui les ont lancés. La clémence seule désarma la Maison d'Autriche, que Pufendorff avoit offensée par son

Mozamban (1). Je me rappelle qu'étant à Paris, l'Académie Françoiſe exclut de ſon Corps l'Abbé de Saint-Pierre, parce que dans ſa Polyſinodie

(1) Pufendorff avoit ſi bien pris ſes meſures pour n'être point découvert, & il prévint ou diſſipa ſi adroitement les ſoupçons que l'on avoit de lui, qu'on n'a jamais ſçu poſitivement qu'après ſa mort qu'il étoit l'Auteur de l'ouvrage dont parle M. R. Cet ouvrage eſt intitulé: *De l'Etat de l'Empire d'Allemagne, par M. Sévérin, ſieur de Mozanbano, Veronois.* Il fut imprimé pour la première fois à Genève en 1667. Le deſſein de l'Auteur qui avoit travaillé ſous les ordres & ſur des mémoires de l'Electeur Palatin, eſt de faire voir que l'Allemagne eſt un corps de République, dont les membres mal-aſſortis font un tout monſtrueux. Le plus célèbre des Auteurs qui refutèrent cet ouvrage fut Philippe-André d'Oldenbourg, ſous le nom de *Pacificus à Lapide*, dont la critique a été pluſieurs fois imprimée conjointement avec le Mozambano.

Nous remarquerons au ſujet de Boccalini qu'une obſervation d'Apoſtolo-Zeno, inſérée dans ſes notes ſur Fontanini, T. 11, réfute victorieuſement l'opinion où l'on étoit que Traj. Boccalini avoit été poignardé par ordre du Miniſtère d'Eſpagne. L'ouvrage pour lequel on diſoit qu'il avoit péri, ne fut imprimé qu'après ſa mort.

il avoit répandu des ombres ſur la mémoire de Louis le Grand. L'Evêque de Fréjus, depuis Cardinal de Fleury, & le Cardinal de Polignac, prononcèrent un Diſcours ſur cette excluſion. Les libelles des Bucker, des Barclai, des Altuſes, & de tant d'autres Monarcomaques, méritent, à mon avis, le feu. Je ne parlerai point du ſyſtème de Mariana & de ſes ſectateurs. Comment dans un Monde Chrétien la barbarie oſe-t-elle enſeigner ces maximes? Je condamne par la même raiſon, les libelles forgés dans les jours nébuleux du ſeizième ſiècle; & je détourne les yeux avec horreur des écrits de Philelphe, de Mérula, du Pogge, de Gaza & de Valla. La témérité des Scioppius, des Thomaſius & des Bayle, n'a pas eu de fort heureux ſuccès (1). Je ne prétends

(1) Biblioth. Jur. Imper. p. 48. Cauſ. Juridi. mix. p. 11. Herman, Act. Philoſoph. T. I. Stoll. Hiſt. Litter. p. 11. c. 1. 5. 10.

point par-là que l'on encenſe les tyrans & que l'on mérite d'être eſclaves. A parler de Néron, je ne ſçais l'appeller que monſtre ; & ſi j'avois élevé la voix pour Rome, j'aurois, à la place de Cominius, rougi de tenir ma grace d'un Tibère. Mais je crois qu'il eſt du devoir d'un Sujet de ne pas juger téméraîrement ſes maîtres, & de la ſageſſe d'un Patriote de laiſſer quelquefois en ſilence les foudres de la tyrannie s'éteindre d'elles-mêmes.

De la Satyre, dans les Etats deſpotiques.

La Satyre aura-t-elle cours dans les pays que le deſpotiſme engourdit ou déſole ? Des ouvrages qu'inſpirent l'humanité, la liberté, l'amour du bien public, ne ſçauroient être ni compoſés, ni accueillis, où il n'y a ni idée du bien public, ni liberté, ni humanité. Comment animer d'un ſouffle l'émulation dans des cœurs énervés par la crainte, liguer rapidement des ſamilles plus ſéparées les unes des autres que les Empires, & répandre pour la cauſe commune des ſentimens que l'on n'a pas pour ſoi-même? Comment dans des Etats où les vertus nobles & généreuſes ſont des arrêts de mort, ſe trouvera-t-il des ames libres qui oſent défier le Deſpote ſur une arène ſanglante, (je parle du Deſpote lui-même, car il ne ſerviroit de rien de lutter contre ſes Miniſtres,) des ames aſſez éclairées, pour pouvoir employer avec quelque eſpérance de ſuccès dans les conjonctures les plus épineuſes, un talent qui, s'il a été accordé par la Nature, a dû être étouffé par l'éducation? Pour eſpérer de ramener le Deſpote plutôt que de le renverſer, il faudroit lui ſuppoſer quelque idée des principes de la ſaine politique, & quelque habitude des vertus douces & morales. La Religion ſeule a quelque empire ſur le Thrône deſpotique. S'il eſt jamais permis aux hommes de faire parler le Ciel, ce ſera ſans doute dans les cas où il s'agit des droits & du bonheur des Peuples.

La plûpart des anciens gouvernemens avoient pourvu, par des institutions particulières, au maintien & à la réforme des mœurs, & toutefois ils n'excluoient point la Satyre des mêmes fonctions, tant qu'il n'y avoit point de conflict entr'elle & la raison publique. Parmi les Peuples modernes, il y en a dont le gouvernement laissant les mœurs à elles-mêmes, ne permet point à la Satyre d'exercer cette espèce de magistrature, chargée de l'éducation & de la correction des Peuples. Les uns la proscrivent comme un crime ; les autres la défendent comme objet de police. Le vice ennemi de l'ordre, est le perturbateur le plus terrible du repos public. La Satyre s'offre pour le terrasser avec ses propres armes, & pourquoi refuser d'en employer le bras ? Il est de la sagesse de faire agir le moins

Maximes des anciens, & des nouveaux Gouvernemens sur la Satyre.

qu'il eſt poſſible l'autorité : la Satyre remplira le même but. Pour arrêter la corruption, il ſuffit quelquefois d'imprimer une note ſur le front des corrupteurs. Athènes, pour engager ſes Citoyens à ſe rendre de bonne heure aux aſſemblées, faiſoit porter aux moins diligens la livrée de la pareſſe. Les Lexiarques, avec une corde tendue & teinte d'écarlate, pouſſoient le Peuple vers le lieu déſigné, & la teinture laiſſoit une tache ſur l'habit des derniers (1). Rien n'égaloit l'empreſſement des Citoyens pour arriver à l'aſſemblée, ſans y porter cette marque flétriſſante.

Avis aux Satyriques.

J'ai déjà parlé de la ſageſſe avec laquelle la Satyre politique doit être compoſée. On ne ſçauroit être trop circonſpect, quand il s'agit de dire aux hommes des vérités dures & utiles.

(1) Ils payoient auſſi une légère amende.

C'eſt un glorieux emploi que celui de réformateur des mœurs ; il n'y a rien de plus beau que le titre de bienfaiteur de la Société ; & l'on eſt bien récompenſé de ſon travail, quand on peut ſeulement ſe dire à ſoi-même : *J'ai tâché de rendre mes Concitoyens meilleurs.* Frappe, mais écoute, diſoit Thémiſtocle à Adymante (1) : le Satyrique ne craindra que de manquer à la patrie. Une ferme réſolution priſe après un mur examen des riſques à courir, le garantira du repentir qui ſouille les meilleures actions, & qui ſuit ordinairement les deſſeins inconſidérés du caprice. Le Cenſeur ſera haï d'un Citoyen ambitieux : haine flatteuſe qui déclare qu'il a délivré ſa patrie d'une injuſte entrepriſe, ou prévenu les mauvais deſſeins. Quel frein arrêta le Duc de

---

(1) Hérodote, l. VII. Plutarque nomme Eurybiade à la place d'Adymante.

Guiſe, ſinon la multiplicité des écrits répandus dans la Sicile contre lui par les partiſans du Roi? Il faut ſçavoir même s'élever au deſſus de l'opinion publique. Les Sages, le tems & les événemens vous juſtifieront un jour, & la patrie s'acquittera tôt ou tard de ſa dette envers vous. Votre ſiècle eſt ingrat; jouiſſez de l'avenir. Votre ſiècle eſt injuſte; jouiſſez de votre propre témoignage. L'opinion publique ne vous ôte ni votre récompenſe, ni votre vertu, elles ſont dans votre cœur.

De la Satyre Littéraire.

III. Tranſportons la Satyre dans la Littérature; c'eſt ici le lieu de ſon triomphe. La République des Lettres eſt un pays ouvert & libre, où chacun vient à ſon gré envahir le titre de Citoyen. Cependant pour quelques vrais ſectateurs des ſciences, quelle foule d'impoſteurs ne ſe mêle-t-elle pas avec eux ſur la ſcène, pour y jouer un rôle ridicule aux dépens de l'agriculture & des arts? Distinguons ces pseudo-littérateurs des véritables gens de Lettres. Les uns & les autres ont des vices sur lesquels il n'appartient qu'à la Satyre d'appliquer des caustiques efficaces.

Réflexions sur les Gens de Lettres.

Je n'aime point à penser que les Lettres corrompent les mœurs, pour n'être pas obligé d'en conclurre que les véritables gens de Lettres forment une classe de méchans qu'il faut proscrire de la Société. Je ne crois pas non plus que l'on ne puisse être homme de Lettres, & peut-être même un peu Philosophe sans être bon Chrétien, pour n'être pas contraint de canoniser tous ceux qui, dans la République littéraire, jouissent d'une gloire solide. Pourquoi le cœur doit-il être corrompu par-là même que l'esprit est éclairé? Pourquoi avec une fausse croyance & même des mœurs dépravées, ne sçauroit-on mériter d'ailleurs des succès littéraires & une réputation durable? Les lumières & les talens sont comme des armes dont on peut faire un bon & un mauvais ufage. Raphaël & Michel-Ange auroient pû traiter des fujets auffi fcandaleux, que la Transfiguration & le Jugement dernier font édifians. Socrate ne fut point un Citoyen puniffable, ni Bolingbrocke un méprifable Ecrivain. J'inviterai en général les Auteurs à faire honorer la fcience, & à ne pas oublier que quelque grand talent qu'ils pofsèdent, leur perfonne n'eft eftimable que par l'ufage qu'ils en font. Pourquoi s'en trouve-t-il qui ne fentent point combien il eft plus avantageux & plus flatteur d'être eftimés qu'admirés (1)?

(1) Dans toute la partie qui concerne la Satyre littéraire, je déclare qu'après avoir retranché ou adouci quelques traits trop durs, j'ai quelquefois étendu & développé les idées de M. R. uniquement pour l'honneur des Lettres & de la Vérité. Je n'ai ni fujet de haïr, ni intérêt à nuire : *Ubfque ira & odio quorum caufas procul habeo*; je dédaignerois même de

Il faut sévir contre les Ecrits impies.

Comme simples Citoyens, les gens de Lettres méritent moins d'indulgence de la part des Loix que le Peuple, parce qu'ils sont plus éclairés. Je ne les considère ici que relativement à l'usage qu'ils font de leurs talens & de leurs lumières. Le gouvernement tolera-t-il la licence d'écrire, la Satyre seroit en droit de la réprimer ? Son premier soin se tournera contre ces Ecrivains audacieux, qui ébranlent les colomnes de la Réligion, & minent les fondemens de l'Etat. Dans les gouvernemens où l'on n'est libre que pour faire le bien, l'au-

me venger. Je désavoue les applications injustes, que la malignité ne manquera pas de faire à des Auteurs respectables, prêt à leur offrir des réparations telles que si j'avois eu dessein de les offenser. Je dirai enfin à la foule des mauvais & méchans Ecrivains, comme Ciceron dans son Oraison *pro Man* : *Je ne nomme personne, ainsi l'on ne pourra s'élever contre ma censure, qu'après s'en être reconnu digne.* » Neminem appello ; itaque accusare me nemo » poterit, nisi qui de se priùs voluerit confiteri. »

torité poursuivra l'irréligion & l'anti-patriotisme affichés dans des ouvrages publics. Je dis des ouvrages publics ou connus ; car un Arrêt ne doit point tirer de la poussière l'impiété ensevelie. Mais qu'on me permette de le dire, les Arrêts ne sont, à parler proprement, qu'une profession authentique de la croyance générale de l'Etat. Sénéque disoit des Loix en général : *qu'elles commandent & qu'elles ne raisonnent point.* Mais quand il s'agit de soumettre l'esprit, elles ont besoin du ministère de la Raison & de l'Eloquence. *Tu prends ta foudre, Jupiter, tu as donc tort.* Tel est le langage de la plûpart des Ecrivains condamnés par les Magistrats. Ils se targuent d'un Arrêt comme d'un titre d'honneur. Une Satyre raisonnée abbattra leur orgueil, & rendra au jugement juridique tout l'éclat de sa majesté violée. Les livres où le vice embelli par l'esprit conspire avec les vices de tous les Citoyens & de la postérité contre la vertu, le repos & la sûreté de l'Etat, il faut les mettre dans le creuset de la Satyre, & du creuset les jetter dans le feu. Je ne prétends pas néanmoins autoriser un zèle faux & méchant à voir des impiétés partout où il ne lit pas ses opinious, à prouver par des injures que l'on enseigne des erreurs, à s'acharner contre les personnes, au lieu d'analyser les ouvrages, à donner plus à ses conjectures & à ses desirs, qu'à la loi des égards & à l'équité, à combattre pour ses Dieux particuliers sous le masque de la Religion reçue, à souffler le feu de la persécution, qui n'a jamais consumé une seule erreur, & à se tourmenter sur le trépié du fanatisme, pour blasphêmer contre la raison & la vérité. La Satyre a horreur de tout ce qui l'éloigne de ses fins. Elle sçait qu'il faut combattre pour la Religion, comme la Religion combattroit elle-même; &

qu'il ne faut point bouleverſer l'Etat, pour empêcher qu'on ne le trouble.

Autres vices des véritables Gens de Lettres.

Amour du Paradoxe.

Deux vices principaux précipitent les Sciences & les Arts, & quelquefois par contre-coup les mœurs vers leur décadence, l'un en aliénant les eſprits, c'eſt l'amour du paradoxe & de la nouveauté, l'autre en déshonorant la profeſſion d'homme de Lettres, c'eſt l'eſprit de diſcorde. Le deſir d'éclairer les hommes, excité par la conſidération de leurs travers, ſuites de leurs erreurs, conduit l'eſprit au paradoxe par une voye philoſophique. Le deſir de ſe diſtinguer par un moyen plus aiſé & plus court, en affectant l'indépendance dans la manière de penſer, & en ſe donnant un air de génie par de nouvelles créations, ce deſir nous jette aveuglément dans le paradoxe comme par un inſtinct de vanité (1). Animé par le premier de ces

(1) Je rapporterai ici le jugement de M. Warburthon ſur le caractère de Bayle. « Auſſi

mobiles,

mobiles, le Philoſophe recherche le vrai, le beau, l'utile : mû par le ſecond, le Sophiſte court après l'agréable, le ſingulier, le merveilleux. Il y a tant d'erreurs pour une vérité, tant de riſque à briſer les anciens reſſorts même pour leur en ſubſtituer de neufs mais inéprouvés, tant de preſtiges qui ſéduiſent l'homme le plus en garde con-

» remarquable, dit cet illuſtre Sçavant, par » la force & la clarté du raiſonnement, que » par l'enjouement, la vivacité & la délica- » teſſe de l'eſprit, il ne s'eſt égaré que par » l'envie démeſurée des paradoxes. Son eſprit » toujours actif & extrêmement vigoureux, » n'a pû ſe renfermer dans la carrière ordi- » naire, il en a franchi les bornes. Quoiqu'é- » levé au deſſus des plus cruelles attaques de » la fortune, & familiariſé avec la plus ſaine » Philoſophie, il n'avoit cependant point en- » core aſſez de grandeur d'ame pour vaincre » ce dernier foible d'un génie ſupérieur, l'am- » bition de la gloire que l'on croit communé- » ment attachée aux exercices académiques, » où l'eſprit ſe plaît à jetter des doutes ſur les » choſes qui ſont le plus généralement reçues, » & à trouver des raiſons de probabilité pour » celles qui ſont le plus généralement rejet- » tées. »

tre ſon imagination, que le Philoſophe ne ſçauroit entreprendre une réforme, où le Sophiſte a une infinité d'innovations à propoſer ; & voilà la ſource de mon préjugé contre l'eſprit paradoxal. Dans la littérature on marche par des routes inconnues, & la plûpart s'égarent & égarent la foule avec eux, parce qu'il y a toujours très-peu de génies, aſſez d'imaginations ardentes, & beaucoup d'eſprits foibles. Dans les ſciences qui préſident à la conduite & au bonheur de l'homme, les novateurs ne font ordinairement qu'échanger des erreurs contre des erreurs, des doutes contre des préjugés, de vaines ſpéculations contre des abus, ſi toutefois ils n'attaquent point les vérités même les plus ſacrées. Les traits de lumière qui leur échappent ne ſervent, comme dans l'Enfer de Milton, qu'à rendre l'obſcurité viſible & plus affreuſe. Les ſyſtèmes de métaphyſique & de morale nous offrent divers romans de l'homme. Il y en a peu qui nous instruisent; il n'y en a point qui nous consolent. Nous sommes moins malheureux par-là que nos préjugés nous dérobent en partie la vûe de ce que nous sommes. Il faut garder pour soi les vérités inutiles & affligeantes, à plus forte raison les doutes & les inquiétudes, & que dirai-je des coupables opinions? Il y a une sorte de fanatisme à ne rien adopter comme à tout adopter; & le Philosophe comme le Législateur, ne procède à des changemens que par le motif du plus grand intérêt des hommes. Je ne crois pas que l'on entreprenne de dessein formé, de corrompre la Société, du moins pour le plaisir de la corrompre; mais on aime à regner sur les esprits; on sçait que la nouveauté les fascine; on se passionne pour ses idées; on n'en voit pas toutes les conséquences; on desire de recueillir le fruit de ses travaux; on se repoſe ſur ſes intentions ; on juge de ſes opinions par les ſentimens de ſon cœur ; ami de la vérité, on croit la tenir & la devoir aux hommes ; ami de la vertu, on penſe l'enſeigner comme l'on la profeſſe, & l'on répand ſans crainte des ſyſtèmes pernicieux, ſoit par la qualité des principes que l'on établit ſans en ſentir peut-être tout le venin, ſoit par l'abus que les hommes ſont naturellement portés à faire des objets à pluſieurs faces. La Satyre, en reſpectant la perſonne de tels Ecrivains, puiſqu'elle eſt honnête, exercera ſon droit ſacré ſur leurs ouvrages, dès qu'ils ſont condamnables : mais elle aura moins d'égards pour ces mépriſables Auteurs qui, enhardis par l'exemple, courent la même carrière avec un cœur auſſi corrompu que leur imagination eſt déreglée.

Diſputes Littéraires.

L'envie d'un côté, la ſenſibilité de l'autre, allument les guerres civiles dans la Littérature. Les Grecs & les Romains, ſuivant la remarque de Synéſius, n'élevèrent des autels qu'au chœur entier des Muſes, & jamais à une des neuf Sœurs ſéparément, pour marquer l'union que les Sciences ont entr'elles, & celle qui devroit toujours ſubſiſter entre les Sçavans. Une tumultueuſe anarchie déſole la République des Lettres, lorſque la concorde n'y règne pas. Ce n'eſt plus pour la vérité, pour l'avancement des Sciences, pour une gloire perſonnelle, que travaillent les Auteurs animés les uns contre les autres; ils ne penſent qu'à flétrir leurs adverſaires. Les plus beaux génies ne ſont pas toujours exemts de ces défauts : ce ſont des géans, mais avec la plûpart des foibleſſes de l'humanité. La gloire ſuprême comme la ſuprême puiſſance, ne ſouffriroit-elle donc pas deux poſſeſſeurs (1)? Il y en a qui deſcendent du

(1) Non capit ſolium duos.

haut de leur gloire, ou pour étouffer les talens au berceau, ou pour fouiller la mémoire des morts, ou pour usurper une sorte de gloire d'un ordre inaccessible à leur mérite. Les grands hommes prétendent encore quelquefois nous imposer une admiration aveugle. Mais l'admiration est un fardeau dont on cherche sans cesse à se décharger; dès que nous nous appercevons qu'ils aspirent à une espèce de despotisme, nous ne les jugeons plus que sur leurs défauts, & avec toute l'insolence des esclaves sortis des fers, nous nous plaisons, nous, peuple de la Littérature, à offenser leur vanité & à dégrader leurs talens. La Satyre profitera de leur sensibilité, pour leur rappeller que le grand homme ne peut être réellement avili que par ses propres vices, & que le Peuple dit rarement: *C'étoit un si grand homme que j'ai oublié ses défauts.*

Lorsque les gens de Lettres sortant

des bornes de la diſpute, entament un combat de gladiateurs, ils donnent aux ignorans le droit de les braver, & ils perdent celui de s'eſtimer eux-mêmes. Les Lettres demandent à être honorées, ou la barbarie les engloutit. Dès que la conſidération n'eſt plus attachée à la qualité de Sçavant, dès que l'amour de la gloire eſt dans les membres de la République littéraire ſubordonné à de viles paſſions, dès qu'ils donnent ſans honte leurs vices en ſpectacle au Public, dès que la Société ordinairement plus clair-voyante ſur le mal que ſur le bien, s'apperçoit que les Sciences ſont des armes dans les mains de Furieux enlevés à des travaux patriotiques, les Lettres ſont près de leur ruine. Elles ſe cachent pour ſe ſouſtraire à l'opprobre, languiſſent dans l'inaction du découragement, & périſſent dans les ténèbres, comme les vertus dans l'eſclavage. Un homme de mérite a obſervé qu'autrefois on faiſoit combattre des animaux pour amuser le Peuple, & qu'aujourd'hui on fait combattre les gens d'esprit pour amuser les sots : voilà les préludes de la barbarie. Si la Satyre n'en arrête les suites, je ne sçais quelle main rétablira l'empire de la raison éclairée.

Effet de la Satyre sur les Gens de Lettres.

La censure fera rougir les gens de Lettres de leur avidité intéressée, qui change le commerce le plus noble en un honteux trafic, de leur manège auprès de ces Grands, qui n'ont rien au dessous d'eux que leurs flatteurs, de leur affectation à paroître ce qu'ils ne s'empressent point d'être en effet, & de tant d'autres vices, qui nuisent quelquefois à leurs vrais intérêts, & presque toujours à leur gloire. Je ne parlerai point de leurs manies & de leurs ridicules, dont l'effet est de les rendre inutiles au Public & à eux-mêmes. Un homme d'esprit, après avoir usé ses jours à s'enrichir

chir de connoiſſances, renverſera l'échaffaut de ſa fortune par un caprice qui n'a pu lui procurer ni avantage ſolide, ni plaiſir flatteur 1). Un horrible fanatiſme de nouveauté tranſportera celui-là loin des ſentiers de l'immortalité, où le bon goût eût conduit ſon génie. L'un employant la maſſue d'Hercule à écraſer des inſectes, diſſipera tout ſon eſprit dans des querelles ignobles, avec des adverſaires confondus par ſa ſeule gloire, obſcurs ou fameux par leurs vices & par de grandes inimitiés. L'autre forcera le Public à ſe venger de l'admiration qu'il lui avoit accordée, pour avoir oublié que la modeſtie doit envelopper les talens. Je ne finirois point, ſi je voulois relever tous les défauts ſur

(1) Cardan, Jérôme Wolfius en ſont des exemples. On peut voir là-deſſus Eraſme *Encom. Mor.* Jérom. Valent. Andr. *in Menippo*, Tonſius *de Scrip. Hiſt. phil. l.* 3. *c.* 21. Joſ. Franc. Budé *de Superſti. mort ap. Chin. cultu, & in Dialog. febris.* Note de M. R.

lesquels la Satyre peut seule parvenir à redresser les gens de Lettres.

Comment la Satyre traitera les prétendus Littérateurs.

Mais l'espèce sur laquelle la Satyre fera main basse sans ménagement, c'est cette engeance d'ignares charlatans, qui, des tréteaux de la littérature, vendent leurs drogues à l'imbécille populace. Ce sont des pantomines qui n'ont des véritables Gens de Lettres que leurs défauts, & qui n'ajoutent à ces défauts que des vices. Une sotte ambition née du vuide de leur esprit, les a contraints à jouer un rôle auquel la Nature ne les avoit pas destinés; ou s'ils étoient en effet doués de quelques talens, ils les ont enfouis par paresse, ou gâtés par une mauvaise culture. En parcourant les livres sans faire aucun usage de la réflexion, ils ont engourdi leur esprit, & ont acquis avec travail l'incapacité de penser. Fiers d'un petit talent & d'une fausse science, ils s'exagèrent leur mérite, prétendent à la réputation, &

osent citer les vrais sçavans à leur tribunal (1).

Ces hommes dépourvus des moyens légitimes de parvenir aux honneurs de la littérature, ont recours aux cabales, aux manèges & aux artifices, pour surprendre & usurper ce qu'ils ne sçauroient obtenir. Ambitieux sans mesure, parce qu'il leur faut des titres pour s'estimer, rongés d'envie, parce qu'ils n'ont pas l'émulation que donne le droit à la concurrence, ils n'ont d'autres ressources que de dépraver les genres dans lesquels ils s'exercent, & de troubler la Société littéraire, pour s'en faire pro-

(1) D'où naissent, ajoute l'Auteur, la charlatanerie, l'arlequinisme, le pédantisme, &c. *Dove nasce la ciarlataneria, e l'arlechinismo, e la pedanteria audace, &c.* M. Rom. nous renvoye sur ce sujet à la *Menkenell. Charlat.* à Bianchini sur l'*hypocrisie des gens de Lettres*; à Huber. *Disc. de Pedantismo*, orné des notes de Christ. Thomasius, & inséré parmi ses Discours, années 1688 & 89, aux Programmes de Huberner & de Vockerodt sur cette matière. Voy. le Clerc, Parras. T. 1. p. 250.

clamer les héros; semblables à ces Citoyens qui ne tiennent leur existence, leur fortune, leur considération que des malheurs de l'Etat. Ils arrivent à la célébrité, & leur impudence persuade au vulgaire qu'ils ont acquis de la renommée. Cette erreur du Peuple seroit peut-être à dédaigner, si le tems & la voix des sages dissipoient l'illusion, avant qu'elle entraînât les Lettres dans un torrent d'abus, qui favorisant le métalent & le faux sçavoir, se répandent avec moins d'obstacles sur toute la République.

Quelle science n'a pas besoin d'appeller la Satyre, pour arrêter les abus introduits par les esprits gauches & superficiels? A commencer par la Théologie, elle est moins la science des choses divines, que le régistre des extravagances humaines sur la Divinité. Pour éclaircir des mystères déclarés incompréhensibles, ou par l'Eglise même, ou par le cri unanime des Théologiens, la Théologie Scholaſtique a produit des ſchiſmes & des héréſies, & ravage encore la Religion. Quelquefois pour ſoutenir des opinions purement ſpéculatives, dont la vérité ou la fauſſeté étoit également indifférente au Chriſtianiſme & à l'Etat, elle a allumé des guerres & déſolé les Empires (1). Que dirai-je de tant de queſtions ridicules & indé-

(1) Il y a, par exemple, pluſieurs ſiècles que l'on diſpute ſur la manière d'accorder l'efficacité de la grace avec la liberté de l'homme, & tous les partis conviennent que c'eſt un myſtère incompréhenſible, *o altitudo* ! D'un autre côté n'eſt-il pas révoltant de voir dans tous les livres & cahiers de Théologie, diſputer *ſi la Divinité a pû s'unir à une bête & à une pierre*? J'oſe le dire, la Théologie ſcholaſtique, telle qu'on l'a long-tems enſeignée, ne convertiroit jamais un Infidèle, & ne feroit pas beaucoup de bons Chrétiens. D'ailleurs, il ſeroit injuſte d'exiger des grands hommes qui honorent l'Egliſe, qu'ils reformaſſent tous les abus à la fois. Ils les déplorent comme nous. Puiſſent leurs ennemis & ceux de la Religion penſer & vivre un jour comme eux!

centes qui déshonorent la Religion? La Théologie dogmatique devroit se borner à exposer simplement ce que l'Eglise croit, & à démontrer qu'il est raisonnable de croire ce que la Religion enseigne. Tout le reste ne sert qu'à enflammer des imaginations exaltées, & à irriter des esprits contentieux. Les premiers Théologiens n'étoient que de ridicules Sophistes; la plûpart de leurs successeurs ne sont pas encore devenus Philosophes. Et plût au Ciel qu'ils fussent Citoyens! Quant à la Théologie morale, au lieu d'enseigner les moyens de connoître le cœur de l'homme & de le ramener à ses devoirs, elle ne s'occupe qu'à nombrer, classer & anatomiser les péchés. Je ne parlerai pas des ouvrages scandaleux qu'a enfantés l'école. Est-ce pour éclaircir l'art de diriger les consciences, que vous endoctrinez sur le vice tout le genre humain? Mais pourquoi sortir ainsi de mon siècle? Lui imputerois-je des abus qu'il a corrigés en partie?

Abus de la Philosophie en matière de Religion.

Une fausse Philosophie désole aujourd'hui la Religion, & les matières sacrées sont quelquefois traitées de la manière la plus indécente & la plus coupable (1). Un Romancier travestira l'Histoire sainte en fastes de la galanterie. Un faux Apôtre passe un vernis d'érudition profane sur la doctrine de Moyse, & aux impiétés vomies contre les livres saints, n'oppose qu'une citation profane. Ici une sacrilège hypocrisie feint de combattre les opinions des Sarpi, des Dominis, des Le Courrayer, pour en distiller plus sûrement le venin dans l'esprit de ses Lecteurs. Là tous les traits lancés contre l'Eglise,

(1) Voy. Conrad. Tiburt. *de Fraudib. Pseudotheolog.* Guill. Perault *in summ. Vir.* Adam Trib. *de Doctorib. scholast.* Fabric. *de moderat. Theologica*, & Budé *de cultur. In gen.* c. 1. *in Select. Jur. nat.*

ne sont repoussés que par le cri d'une fausse douleur; artifice des Vanini & des Colins, trop souvent renouvellé. Dans quel tems vivons-nous, s'il est permis de profaner de la sorte les vases du sanctuaire (1)?

Jurisprudence.

La Jurisprudence, autrefois la science des Loix, est réduite à l'art d'étouffer la vérité sous un amas d'autorités inconcluantes. Il suffit d'avoir acquis par une vaine cérémonie, le titre de Docteur, pour aller dans le sanctuaire de la Justice mettre des poids dans sa balance. L'on ne plaide presque plus que

(1) *Hic niger est hunc tu Romane caveto.* C'est ce qu'on peut bien dire de l'Auteur de *la Malignité historique.* Les calomnies répétées contre les Souverains Pontifes, & en particulier contre Jules II, Léon X, Clément VII & Paul III, & des railleries sur le nombre de sept, sur les Indulgences & les Sacremens, répandues dans cet ouvrage, font horreur dans un livre imprimé en Italie. Il n'y a rien de nouveau dans ce livre pour ceux qui sont instruits; pour les autres, on leur apprend des faussetés sans réfutation. M. *Rom.* fils.

par citations. Cette imposture éblouit les clients, & leur fait acheter leur condamnation au poids de l'or. Le Juge, le Juge prudent & équitable n'obéit point aveuglément à l'autorité. La raison est sa première loi. Quels tems que ceux des Schurtz, des Casaregi, des Campelli, des Mormoraii, &c, qui adoptant par des raisonnemens sages aux cas particuliers les maximes fondamentales de l'équité, faisoient triompher bien plus que les Scévoles & les Papinien la véritable Jurisprudence, c'est-à-dire, la Loi de la Raison commentée par les Loix civiles? Ce n'est point un vice naturel à la Jurisprudence, c'est un abus né de l'ignorance & nourri par la paresse, que de donner aux noms une voix préponderante dans les matières, où la vie, l'honneur & la fortune des Citoyens sont intéressés. Les droits de l'humanité ressortissent irrévocablement au tribunal de la Raison

& de la Loi naturelle (1). J'ajouterai que ce que l'on appelle *la forme*, n'a point été imaginée pour étouffer la Justice.

Le Pédantisme légal est porté à son comble par la tourbe des Glossateurs. Sans une connoissance profonde des Langues, des Antiquités Romaines, des mœurs, des tems, des objets, des vues du Législateur, & des rapports des Loix & des Sciences liées à celle du Code, ils pensent deviner les énigmes & débrouiller les embarras de la Jurisprudence, à l'aide des Lexicons, presque toujours inutiles aux Savans & pernicieux pour les ignorans. Ils entament la réforme de la Bibliothéque des Loix comme s'il s'agissoit de leur porte-

(1) Voy. Ofterman. *de nequit. Advoc.* Prash. *in Jurisconf. vero & personato*, &c. Leibnitz a donné une très-sçavante Dissertation sur l'abus d'alléguer l'autorité. Voy. *Parthen. Litigio.*

feuille où il leur eſt loiſible de former un corps de leurs ſonges. Ames des Averani, des Noodt, des Bynkershock, la Science s'eſt arrêtée aux colomnes où vos noms ſont écrits. On ſe borne à battre la route que vous avez tracée, au-delà c'eſt le cahos. Un reſpect ſuperſtitieux pour Cujas faſcine pluſieurs Légiſtes d'un préjugé défavorable aux Ecoles d'Accurſe & de Barthole, dont les Chaires ſont encore remplies par une mâle Juriſprudence. La plûpart des Juriſconſultes ſont des eſclaves qui ne ſçauroient faire un pas au-delà de l'eſpace que leur chaîne meſure.

Que dirons-nous de la Juriſprudence des Rois ou de la Science du gouvernement la plus difficile, la plus vaſte, & la plus noble des Sciences humaines ? Il n'y a pas de manie plus générale que celle de vouloir régler les affaires de l'Etat ſans connoiſſance comme ſans autorité (1). Des Politiques, qui, quelquefois ignorent jusqu'à l'économie domestique, se levent pour donner des leçons aux Directeurs des Sociétés. Ils ont jetté un coup d'œil sur Vitriarius, ils ont eu Grotius dans les mains, & les voilà Ministres & Législateurs. Il fait beau les voir exprimer l'essence des Gazettes, Mémoires, Négociations, Traités de paix, coudre des lambeaux de Siry, de Lamberty, d'Aitzema, de Dumont, & sans sçavoir se les approprier, parce qu'ils ne tirent aucune idée de leur fonds. Raisonnans sans principes, élevans sans dessein, détruisans sans sujet, ignorans jusqu'aux nom de Dané, de Schomborner, d'Ofmann, ils transcrivent les oracles de

---

(1) *Omnes omnium gentium non modo philosophi sed etiam otiosi, scientiam hanc civilem, quasi facilem, nullo studio ambiendam cujuslibet ingenio naturali expositam & prostitutam attrectaverunt attrectantque.* Hobbes de Civ.

Machiavel & de Montesquieu, les adoptent sur la foi de la Renommée sans en comprendre le sens, les tourmentent pour les appliquer à leus vues, & se placent bientôt au rang de ces grands hommes avant que d'avoir assez réfléchi pour être leurs Disciples. Ces Auteurs immortels se sont formés par un long cours de méditations profondes; & ce n'est qu'en imitant leur exemple que leurs admirateurs aveugles s'enfonceront dans leur esprit & s'animeront de leur feu.

Ces avortons politiques sont pour l'ordinaire gens à petits projets, comme .... ou à projets chimériques comme l'Abbé de Saint-Pierre dont ils copient les défauts sans en avoir les talens & peut-être les bonnes qualités. Ils discuteront les intérêts respectifs des Princes sans connoître ni la situation de leurs Empires, ni l'Histoire de leurs Peuples, ni la nature de leur Gouvernement, ni les environs de leurs Etats, ni l'esprit de leur Politique. La paix, la guerre, les alliances, les révolutions, tout est prédit & ordonné dans leurs combinaisons. Ils sont sur le champ de bataille à disposer les combats, à adjuger les victoires, à diriger les retraites. Ils voyent les causes dans les effets ; ils prévoyent les effets dans les causes. Dans leurs cabinets comme dans ceux les Rois, ils démontent la machine politique, & il n'y a aucun ressort sur lequel ils n'osent appliquer la lime (1).

Des essains de Réformateurs économiques s'élévent aujourd'hui dans le Gouvernement. La plûpart déclament contre les abus sans indiquer des remèdes ; les autres indiquent de remèdes ou inappliquables ou pires que les abus ; la plûpart ne voyant jamais les objets en grand ni dans leur totalité,

(1) Voy. Bayle, Pensées diverses sur la Comète. Leibnitz préf. sur le Cod. dipl.

voudroient verſer dans une branche le ſuc qui ſert à en vivifier un grand nombre. Ils ébranleront, par exemple, le premier reſſort du Gouvernement pour encourager le Commerce. Tel Ecrivain égaré par de mauvais guides, & raiſonnant ſur des ſuppoſitions arbitraires, propoſera des ſyſtêmes qu'il ſeroit le premier à abandonner, ſi le livre des myſtères du Gouvernement lui étoit ouvert. Pour corriger un abus réel dans l'adminiſtration des finances, on voudra renverſer tout l'Etat ſans deſſus deſſous, comme ſi de ce renverſement devoit ſortir l'Utopie. Il ne ſuffit point d'avoir un amour chaud de la Patrie, du zèle pour tout ce qui intéreſſe l'humanité, des intentions droites & pures, & même une étendue de lumières; tout cela ne donne pas le droit de ſonner le tocſin de la réformation lorſque l'Etat eſt dans une criſe violente. A Dieu ne plaiſe que je manque aux égards dus à des hommes d'un pareil caractère. Je les honore, je les estime, je les aime; mais je pense qu'ils s'égarent quelquefois, & qu'ils ont tort de secouer l'Etat lorsqu'il est dans ces convulsions où les abus même sont respectables. Citoyen comme eux, j'ose le leur dire. J'espere qu'ils ne s'en offenseront pas; & s'il étoit possible qu'ils m'en sçussent mauvais gré, je les aimerois, je les estimerois encore.

Après le défaut de n'être point assez instruits, les Réformateurs des Etats n'en ont pas de plus ordinaire que celui de se livrer à leur imagination qui, possédée de l'idée du bien qu'ils croient devoir résulter de leurs projets, ne leur en laisse appercevoir ni les obstacles, ni les inconvéniens. La plûpart n'ont qu'une manière de voir, où il faut considérer les choses sous une infinité de faces où ils auroient une espace immense à parcourir, ils s'arrêtent

au

au premier pas, ou ils tombent s'ils avancent. Il en eſt peu qui ſçachent diſcerner les circonſtances où le mal abſolu eſt un bien relatif, & tel déſordre un chaînon de l'ordre général. Les maux politiques entrent dans l'économie du Gouvernement auſſi néceſſairement que les maux phyſiques dans le ſyſtême du monde. La Nature, par exemple, n'a directement condamné aucun homme à être pauvre, eſclave, ſouffrant, & malheureux pour la félicité des autres; mais dès qu'elle les a tous faits pour ſe lier réciproquement en ſociété, elle n'a pas pu exiger qu'ils fuſſent tous placés ſur la même ligne de fortune, de pouvoir, d'aiſance, & de bonheur. C'eſt un grand travail que de réformer les Etats, quelquefois plus grand que celui de les créer. Les premiers des humains ſont ſans contredit, ces Génies des Empires à qui ſeuls il appartient d'élever & de renverſer. La

Satyre écrasera les Insectes politiques qui osent prendre l'essor de l'Aigle pour porter la foudre aux pieds du Trône.

La Médecine. Les déclamations si souvent renouvellées contre les Médecins n'ont pas banni de la Médecine l'imposture & la charlatanerie. Virgile appelloit la Médecine un Art muet. Les tems sont bien changés. Moliere a défini les Médecins une sorte d'hommes payés pour conter des fariboles autour d'un malade jusqu'à ce que la Nature l'ait guéri ou que ses remèdes l'ayent tué. Loin de méditer Hyppocrate & de se délasser avec Euclide, ils s'exercent à de vaines spéculations étrangères à leur Art, fléau de l'humanité dans des mains malhabiles (1).

(1) Voy. le Machiavel en Médecine qui est joint à la *Pratique infaillible* de Bern. Valentin. ed. de Francfort, 1711, & Menken *in Charlatan Eruditor.* La plûpart des traits que lance ici M. R. contre les Médecins, ne portent guères que contre ceux d'Italie. J'en ai retranché une partie.

Atteignés à la Science des Bellini, des Boherraave, des Cocchi, & alors vous ne violerez point les droits du genre humain, en donnant votre loisir à des choses d'agrément, & en ornant votre esprit de connoissances de pur luxe, si je puis ainsi parler. La Superstition regne encore dans la plûpart des Facultés. Elle aime mieux laisser, suivant l'ancienne méthode, désoler les Etats par une maladie cruelle que d'adopter un nouveau moyen d'en prévenir les terribles effets. Il est écrit dans son Code qu'un mal qui a ravagé les siécles antérieurs doit de même affliger le nôtre & la postérité; & si l'on démontre géométriquement qu'il est une méthode sûre pour conserver des Citoyens à l'Etat, l'on sera accusé d'offenser & la Religion & la Société. On l'a dit très-philosophiquement : *les Philosophes seroient trop heureux s'ils n'avoient à se plaindre que de l'ingratitude des hommes.*

C'eſt à la Satyre à venger & la Philoſophie & l'Humanité.

Sur les Erudits.

La Satyre verſera le ſel à pleines mains ſur la claſſe des Littérateurs que l'on appelle proprement Erudits. Elle ne s'arrêtera pas long-tems à ces Bibliomanes qui uſent leur vie au travail méchanique de dépouiller des Archives & de meubler des cabinets (1). Hommes ſans génie & poſſédés de la fureur d'en avoir la livrée, aſſez reſſemblans au Romain qui s'eſtimoit un grand homme, parce qu'il avoit à ſes gages une foule de Sçavans chargés de diſſerter en ſon nom ſur toutes ſortes de ſujets. Je mets à côté de ces ridicules perſonnages ceux des Antiquaires qui, inhabiles à ſentir tout ce qui eſt du reſſort du goût, ne poſſédent que l'art de ſe ravir

(1) La claſſe de ces hommes qui forment des Bibliothéques & des Cabinets, *non in ſtudium*, comme dit Seneq. *de tranquill. Anim.* *ſed in ſpectaculum*, eſt beaucoup plus nombreuſe qu'on ne le penſe communément.

en extase à la vue d'une lampe romaine, d'un vase étrusque, d'une inscription grecque, & de quelque hiéroglyphe égyptien aussi incompréhensible pour eux que des caractéres absolument insignificatifs. Ces Automates dont les ressorts ne sont mus que par le choc de quelque monument sont les Etres les plus satisfaits & les plus remplis d'eux-mêmes, par la raison que chargés d'une lourde masse d'érudition, ils n'éprouvent point l'inquiétude inséparable de la vraie science, laquelle en nous montrant loin de nous un espace immense à parcourir, ne nous permet point de nous applaudir de nos premiers pas dans la carrière. Il est sans doute plus aisé d'arranger des médailles que de combiner des idées; n'importe, vous aurez beau déployer devant l'Antiquaire, les chef-d'œuvres de la Philosophie ou de l'Eloquence, à peine laissera-t-il tomber sur vous ses regards, comme du haut des décombres des siécles entassés, & il ne vous accordera des applaudissemens qu'en faveur de votre figure, si elle a le mérite de tirer sur l'antique. A quoi bon ramasser les ruines de l'Antiquité, si ce n'est pas pour les employer au profit des Arts & de la Raison. Les spéculations des Vaillant, des Patin, des Patarole, des Maffei, n'ont de prix qu'autant que la critique en tire des lumières qui nous éclairent, sur nos devoirs & sur nos intérêts. Les Arts, l'Histoire, le Commerce & la vie civile; voilà les objets qu'il ne faut jamais perdre de vue dans l'étude de l'Antiquité (1).

Le Poëte Simonide offroit à Thémistocle de lui enseigner l'Art de la mémoire. *Et bon Dieu*, lui répondit Thé-

(1) Nous n'avons pas de meilleur modéle à proposer en ce genre, que les Recueils d'Antiquités de M. le Comte de Caylus. M. R. cite l'Histoire des vitres de Buonarroti.

mistocle, *enseigne moi plutôt l'Art de l'oubli.* Cet Art seroit utile à la plûpart des Erudits, qui en surchargeant leur mémoire, affoiblissent leur jugement. L'étude entassant en désordre dans leur cerveau des connoissances mal digérées, leurs idées se choquent, se croisent, se décomposent, se détruisent, & leur tête est le vrai cahos d'Ovide. Leur science n'est qu'une ignorance fastueusement déguisée; car un amas de connoissances informes ne constitue pas plus l'érudition qu'un monceau de livres déchirés ne formera une Bibliothéque. Un essain de faméliques d'adulateurs & d'admirateurs imbécilles achéve de déranger la tête mal organisée d'un Sçavant. De la bonne opinion qu'il a de lui-même, naissent l'air trouble, le ton magistral, le langage énigmatique, & les manieres rudes avec lesquelles il semble disputer la palme du pédantisme. S'il joint à sa mémoire une imagination un peu chaude, ses discours relevés par l'action rapide & tumultueuse du corps, attacheront la foule des sots à son char. Il se fera une secte, & il en sera applaudi même avant que d'avoir parlé. La réputation de misantrope, la mine d'un habitant de l'antre de Trophonius, & un jargon hiéroglyphique font la fortune d'une espèce de sots, faits pour régner sur leurs semblables (1).

(1) M. Romolini s'étend fort au long sur les Pédants, & rapporte plusieurs traits que j'ai cru devoir retrancher du texte. Il parle, par exemple, d'un de ces faux Sçavans, maître de politique de certains Prêtres qui sçavoient à peine lire *Busembaum*, de certains misantropes qui tiennent des discours à faire rougir les convives de Trimalcion; & il raconte ensuite l'histoire d'un de ces personnages, qui, en parlant des guerres d'Allemagne, soutenoit que la Bohême étoit dans le Palatinat, & celle d'un fameux Légiste, qui, comme on lui montroit dans la bibliothèque du Vatican les lieux où étoient les Corps entiers de S. Augustin & de S. Jérôme, se mit tout de suite à genoux pour leur faire sa prière. M. Romolini le fils rap-

La

La Satyre remarquera ſoigneuſement les diverſes enſeignes que les Erudits mettent à leur ſçavoir. Chez les uns, c'eſt une kirielle de paſſages Grecs, Hébreux, Chaldéens, qu'ils ont tranſcrits à la ſueur de leur front. Chez les autres, c'eſt un frontiſpice décoré d'une liſte de titres auſſi vains que le ſont

---

porte dans une note qu'un de ſes amis étoit un jour déſolé de n'avoir pas pu trouver la médaille de *Lodovico XIV*, tandis qu'on lui en avoit préſenté pluſieurs de *Luigi XIV*. Mais, dit M. R. les erreurs ſont tolérables, à l'égard de ceux qui ne ſe piquent point de ſcience. Il parle enſuite d'un Pédant, qui, en ouvrant un livre de Baillet, & étant tombé ſur un Auteur illuſtre, lui dit *que c'étoit bien-là un grand homme;* mais ayant tourné le feuillet, & trouvé en titre *Chapitre I*, il s'écria avec enthouſiaſme, que ce M. *Chapitre* étoit un des plus célèbres François de ſon temps.

Les artifices qu'employent les gens de Lettres pour ſe faire valoir, ont été bien développés dans différens ouvrages. Voy. le ſçavant Lielental *de Machiavelliſmo litterar.* & Bœmer ſur le même ſujet. Voy. auſſi les Actes de Leipſick, 1713. Naudé, Inſtruct. ſur l'Hiſt. des frères de la Roſecroix, Meniſius, Freher, & pluſieurs autres ont traité la même matière.

quelquefois ceux des Grands. Leurs Préfaces ne ſont que des déclamations ſur l'ingratitnde des hommes, des éloges d'eux-mêmes & de leur travail, des traits cauſtiques contre ceux qui avant eux ont traité les mêmes ſujets, & qu'ils ne déchirent que pour ſe revétir avec moins de danger de leur dépouille. Froids Compilateurs ou Plagiaires impudens, ils n'ont qu'à préſenter à un ſiécle ignorant des écrits oubliés, ou à recueillir pour des eſprits pareſſeux des pièces & des lambeaux épars. Je pourrois indiquer quelques Diſſertations Académiques au Sçavant qui voudroit ajouter un ſupplément à l'Hiſtoire des Plagiaires,

Sur les Femmes ſçavantes.

Molière décria les femmes ſçavantes dans un Drame Satyrique : mais pour en exterminer l'eſpèce, il auroit fallu détruire la petite vanité du ſexe habile à ſe prévaloir de tout. Au reſte, je n'ai garde de défendre aux Dames de s'orner l'esprit qui donne tant de charmes à la beauté. Je voudrois au contraire, qu'au lieu de consumer leurs tendres années à leur apprendre l'art de séduire, on les introduisît dans le grand Art de se connoître & de vivre. La Société n'y perdroit point, si en conservant l'empire de la beauté, elles nous disputoient celui de la raison. La galanterie ou le libertinage masqué d'un nom honnête & introduit par la nécessité de les entretenir de leurs agrémens, le seul objet qui les occupe, la galanterie s'affoibliroît insensiblement, dès qu'il y auroit d'autres moyens de les flatter qu'en leur faisant sans cesse illusion par un éternel mensonge de l'amour, & les mœurs publiques sans perdre de leur aménité, reprendroient de la vigueur. Un Sophiste pourroit dans les siècles à venir essayer de prouver la barbarie du nôtre par l'éducation que nous donnons aux femmes.

La Satyre n'attaquera que les femmes qui repoussent par leurs prétentions à l'esprit autant qu'elles pourroient attirer par les agrémens de leur personne. La modestie est à la Science ce que la pudeur est aux Graces. Mais il arrive ordinairement que les femmes les plus enflées de leur mérite, sont celles qui en ont le moins. La Satyre leur présentera un miroir fidèle pour les éclairer sur leurs défauts, tandis qu'une voix unanime publiera les louanges des Wittes, des Agnesi, des du Boccage, de l'adversaire du plus éloquent des Ecrivains François de ce siècle (1).

Réflexions sur le désir de tout sçavoir.

L'amour de l'Encyclopédie ou l'envie désordonnée de tout sçavoir, produit de grands ravages dans la Littérature. Accordons à un homme tous les talens ; la vie est-elle assez longue

(1) Madame Belot, Auteur d'une Réfutation du *Discours sur l'inégalité des conditions*, & de plusieurs autres Ouvrages estimés.

pour embraſſer toutes les ſciences ? Retranchons de nos jours, l'âge où l'on ne vit pas encore, & l'âge où l'on a ceſſé de vivre, l'enfance & la vieilleſſe ; retranchons-en le tems que les affaires, les maladies & les paſſions communes à tous les hommes nous dérobent, de ces jours qui ſont ſi rarement à nous, que nous reſte-t-il pour parcourir l'immenſité de la Science ? Leïbnitz, un de ces génies faits pour étonner le monde, grand Mathématicien, grand dans toutes les parties de la Philoſophie, Politique, Juriſconſulte, Théologien, Antiquaire, Hiſtorien, Leïbnitz n'eſt pas toujours égal à lui-même dans tous ſes Ouvrages. Qu'il ſe fût appliqué uniquement aux Mathématiques, qu'eſt-ce que le monde n'étoit pas en droit d'attendre de ce grand homme, qui diſtrait par tant de travaux, a eu la gloire de diſputer à Newton une des plus fécondes & des plus grandes découvertes, ſans parler de celles qui lui appartiennent inconteſtablement? Muratori, mon illuſtre ami, s'eſt rendu immortel dans la République littéraire. C'eſt un Philologue incomparable; mais ſes Œuvres Philoſophiques & Théologiques, ſes traités ſur la Médecine & lur les Loix, ne font pas beaucoup d'honneur à ſa mémoire. Il en ſera de même de tous ceux qui oublieront que l'eſprit humain a des bornes.

Sur la manière de rendre les études fructueuſes.

Je ne prétends point enfermer l'eſprit dans le cercle d'une ſcience en particulier, & j'adopte là-deſſus ces paroles d'un de nos grands Maîtres. » On ne ſçauroit conſeiller aux jeunes » gens rien de plus honteux, de plus » abſurde & de plus nuiſible, que de » s'adonner entièrement à une ſcience » & de négliger ou de rejetter toutes » les autres, cemme ſi elles ne s'entre- » laſſoient pas pour former une chaîne,

» & qu'elles puſſent ſubſiſter les unes » ſans les autres, &c. » C'eſt ainſi que me parloit mon Maître. L'illuſtre Cocchi, dans ſon excellent Ouvrage, *de victu Pythagorico*, définit la Médecine : *le réſultat de diverſes connoiſſances ſcientifiques, aſſorties enſemble & appliquées par la raiſon au rétabliſſement de la ſanté.* Il faut s'inſtruire des diverſes ſortes de ſciences, & rapporter enſuite toutes ſes lumières à une ſeule, ſuivant le précepte de Quintilien. Ce n'eſt que par là que le Dante, Machiavel (1), &

(1) Cette opinion ſur l'Erudition de Machiavel eſt aſſez généralement reçue en Italie : cependant Paul Jove, dans l'Eloge de ce fameux Auteur, dit que Machiavel lui a avoué lui-même que toute l'érudition grecque & latine qu'il avoit répandue dans ſon Ouvrage, lui avoit été fournie par Marcellus-Virgile, auquel il avoit été attaché. *Quis non miretur in hoc (Machiavello) tantum valuiſſe naturam ut in nullâ vel certè mediocri latinarum litterarum cognitione ad juſtam rectè ſcribendi facultatem pervenire potuerit? Conſtat eum, ſicuti ipſe nobis fatebâtur, à Marcello Virgilio cujus & notarius &*

Galilée, ont porté leur gloire si haut. L'immortel Salvini, étonna le monde littéraire en appliquant à la langue grecque l'esprit le mieux cultivé. Avérani donna à la Jurisprudence un nouvel être, en la nourrissant du sçavoir le plus varié. Bellini & Cocchi relevèrent la Médecine, en y fondant des connoissances que des esprits moins philosophes eussent regardées comme étrangères à cette Science. L'homme d'étude doit

assecla publici muneris fuit, græcæ atque latinæ linguæ flores accepisse, quos scriptis suis insereret. Il y a beaucoup de Gens de Lettres en Angleterre qui prétendent que Bolingbroke avoit ainsi donné à Pope les matériaux de son Poëme Philosophique *sur l'homme.* Un homme connu avantageusement dans la Littérature, a assuré que le plan de ce Poëme, se trouvoit dans les Manuscrits du Milord. Plusieurs Critiques disent qu'un examen réfléchi de l'Ouvrage, les fait pancher vers cette opinion. Selon eux, il y a si peu de liaison, d'enchaînement & de *cohérence* entre les diverses parties de l'Essai sur l'Homme, que l'on a beaucoup de raison de croire qu'il *n'a pas coulé de la même veine*, & que le Poëte est bien différent du Philosophe.

imiter le voyageur qui recueille tout ce qu'il voit & tout ce qu'il entend dans ſes voyages, & revient enſuite dans ſa patrie mettre à profit les connoiſſances qu'il a acquiſes.

La Nature ſe plaît quelquefois à créer des Grotius & des Corringes, des hommes propres à tous les travaux; mais elle n'aime pas à épuiſer ſouvent ſes forces. Cependant combien de petits génies embraſſent de vaſtes objets? Ils penſent que c'eſt aſſez d'avoir lu Rotario, Perès, Patarole, pour être Théologien, Légiſte, Antiquaire. Il leur ſemble que la Médecine ne va point au-delà des Aphoriſmes d'Hypocrate, & qu'un coup d'œil ſur Burlamaqui, les inſtruira du Droit public. Ce peuple d'Ecoliers qui s'érigent en Maîtres, comme s'ils avoient touché les bornes de la Science, reſſemblent à ces Nations groſſières, qui n'admettoient plus de terre au-delà des montagnes qui fermoient leur Empire. Ils n'ont pas même ſçu lire ce qu'ils s'imaginent avoit appris. L'Art de lire eſt une branche de l'Art de penſer, & elle n'eſt pas la moins épineuſe.

Tels ſont les abus de la Littérature, & les cauſes de ſa décadence. Le Vulgaire accoutumé à ne juger des choſes que par l'uſage que l'on en fait, n'attache plus aucun honneur aux Lettres avilies par ceux qui les profeſſent. L'Art d'écrire devient un vil métier exercé par des hommes *qui tout en mourant de faim ſe ſont immortels*, dit un Auteur Italien (1) ; & le Peuple de la Littérature, charge d'un poids inutile l'Etat qu'il auroit utilement ſervi, s'il s'en fût tenu à la charrue ſur laquelle le ſort l'avoit fait naître (2).

(1) Magramente per dio, ſi fa immortale
Colui che non ha pan....
Sanſovino. Sat. 2.

(2) Voy. Heider *de vulpeculis Scholaſticis*.

Toutes ces obſervations établiſſent la néceſſité de la Satyre dans la République des Lettres. En effet par quel autre moyen corriger les eſprits des travers que nous venons d'expoſer ? Les Loix ne ſçauroient s'abaiſſer juſqu'à ces vices qui ne ſemblent du premier coup d'œil dans la Société que des ridicules ; une bonne éducation n'auroit jamais aſſez de force pour l'emporter ſur les mœurs ; c'eſt à la Satyre à prendre en main la défenſe des Lettres. Combien de révolutions utiles n'a-t-elle pas opérées ? Il n'y a pour s'en convaincre qu'à ouvrir les faſtes de l'eſprit humain.

La Satyre eſt l'unique moyen de corriger les Gens de Lettres.

Les Journaux ſont, à proprement parler, des Satyres Littéraires. Y a-t-il quelqu'un qui ignore combien ceux des Bayles, des Baſnages, des Bernard, des Leclerc, des Lami, &c. ont été

Journaux, Satyres Littéraires.

Diſſertat. ſur la Pédanterie, Leclerc, Charpentier, vie de Socrate.

utiles à la Hollande, à la France, à l'Italie. Tous les Auteurs craignent d'entendre prononcer leur condamnation par de tels Juges. L'office de Critiques n'eſt pas different de l'emploi de Satyrique. Auſſi quand ils ſont inſtruits & ſincères, quand ils ont prouvé que leur bouche eſt l'organe de la vérité & de la juſtice, quelle autorité n'ont-ils pas dans la République des Lettres, & avec quel reſpect les Ecrivains n'attendent-ils pas leurs arrêts. Quant aux ignorans & impudens Périodiſtes qui oſent juger ce qu'ils ne liſent point, & ce que ſouvent ils ne comprendroient pas, ils ne nuiſent qu'à ceux qu'ils louent, & les Auteurs ont tout à craindre du Public impartial & éclairé, quand ils ont eu le malheur d'encourir leurs éloges. Suivant un Réglement de Charondas, les Délateurs étoient conduits par les rues de Thurium, portant ſur la tête une couronne de Tamarin (1), comme les plus méchans des hommes. L'Hiſtoire remarque que pluſieurs de ces miſérables n'avoient pu ſurvivre à leur ignominie. L'on a vu des Critiques méchans, dignes d'être nommés après les Délateurs, & peut-être d'être punis comme eux, réſiſter à la haine & aux huées publiques. Quand la Satyre les perceroit de part en part, elle ne reprimeroit point leur audace effrénée. La Ville de Smyrne condamna Zoïle au feu pour avoir outragé Homère ſon Citoyen. Cet exemple valoit mieux qu'une Satyre.

Que l'on ſe garde donc bien de confondre les Zoïles avec les Ariſtarques. Pope nous inſtruira du mérite & du ſort des uns & des autres. » Ariſtarque, » dit-il, dans ſon Eſſai ſur Homère, » fut honoré toute ſa vie de l'eſtime & » des faveurs de la Cour, mais Zoïle

Différence entre les Critiques.

(1) Plante purgative.

» y poursuivant les avantages qu'elle » avoit coutume d'accorder aux Gens » de Lettres, ne put ni les obtenir, » ni se faire supporter. Le nom de l'un » est venu jusqu'à nous avec honneur, » & nous le transmettons de même à » nos descendans : le nom de l'autre » n'est conservé que pour être à jamais » infâme. Les antagonistes d'Aristar- » que furent contraints de le payer de » raisons : on ne daigna jamais réfuter » Zoïle, & on lui dit pour toute ré- » ponse, qu'il étoit l'esclave de la » Thrace & le chien de la Réthorique; » & ces beaux noms lui sont restés. La » bonne critique subsiste ; mais il y a » des siècles que la sienne est anéan- » tie, parce que le monde auroit cru » se deshonorer en la conservant. Juste » retour qui couronne enfin le vrai » mérite, & punit les lâchetés de l'en- » vie ». L'on pourroit faire dans ce siècle de justes applications du portrait d'Ariſtarque. Il ſeroit plus difficile de trouver des Critiques auxquels celui de Zoïle convînt. Zoïle fut bien un critique méchant & injuſte, mais il n'étoit pas ignorant.

Mais à quoi bon tant de déclamations ſur l'état des Lettres ? Eſt-ce que des Vers plus ou moins ſonores maintiendroient ou troubleroient l'harmonie de la Société, & que des ouvrages plus ou moins vuides de raiſon, influeront ſur la Raiſon publique qui gouverne l'Empire ? Croira-t-on que les vices des Auteurs liment les reſſorts de l'Etat ? Objections ſur la Satyre Littéraire

Laiſſez mourir un fat dans ſon obſcurité;
Un Auteur ne peut-il pourrir en ſûreté ?

. . . .

Ecrive qui voudra, chacun à ce métier
Peut perdre impunément de l'encre & du papier.

Perſonne n'ignore combien il eſt important pour la Société que la Théologie, la Morale & la Philoſophie entière Combien il importe à l'Etat de bannir de la Littérature, l'eſprit de frivolité.

qui agissent si puissamment sur l'esprit des hommes, ne sortent pas de leurs justes limites pour aller se perdre dans des erreurs funestes (1). Arrêtons-nous donc à la Littérature, & observons que laisser des essains d'hommes vains & frivoles se répandre sur l'Empire, & subjuguer l'opinion du vulgaire, c'est exposer la Nation à tomber dans un esprit de frivolité & d'ineptie. Des hom-

(1) Que l'on considère dans l'Esprit des Loix, l. 21 c. 16. l'extinction du Commerce en Europe (dérivée de l'opinion d'Aristote, *Politique*, 19, 10, sur l'usure mal entendue par la subtile ignorance Scholastique,) & la désolation du plus grand Empire du monde, fomentée en partie par une Philosophie corrompue, qui associoit l'idée de la perfection à l'oisiveté & à un esprit effréné de célibat, si contraire à la prospérité de l'Empire. Que l'on compare l'ancienne Moscovie avec la Moscovie éclairée par le Czar. L'opinion de l'immortalité de l'ame mal appliquée, dépeuple le Japon, Macassar, &c. Voyez le Recueil des voyages de la Compagnie des Indes, Forben, dans ses Mémoires, &c. Le *Fatum*, la prédestination, &c. rendront le Soldat téméraire, le Citoyen peu fidèle, &c. N. de M. R. F.

mes

mes, qui suivant l'idée que nous en donne Malebranche, ne s'arrêtent dans leurs examens, qu'aux surfaces, aux choses sensibles dont leur folle imagination grossit l'importance, qui par leur manière d'apprendre, & par la fin qu'ils se proposent, ne font que prêter des aîles & donner l'essor à de vaines passions, qui incapables ou par impuissance ou par paresse de s'élever jusqu'à la méditation, sont toujours à côté de l'étude & fort loin de la Science, de tels hommes apporteront sans doute dans le reste de la vie la même molesse & les mêmes manies : la contagion se communiquera : le goût de la frivolité s'emparera des esprits, qui sans cesse tourmentés du besoin de se fuir eux-mêmes, donneront dans les écarts les plus singuliers. Si ces hommes parvenus à se faire applaudir, se mêlent des Sciences morales & patriotiques, il n'y a point d'opinion extravagante qui ne puisse bientôt se répandre & porter le trouble dans les mœurs & dans l'Empire. *C'est une bonne drogue que la Science*, dit Montaigne, *mais nulle drogue n'est assez forte pour se préserver sans altération & corruption, selon le vice du vase qui l'estuye* (1).

La Science, mesure de la liberté, expression des mœurs.

S'il est vrai qu'il y a une influence nécessaire des opinions sur les mœurs, & des mœurs sur le Gouvernement, des Citoyens les uns sur les autres & sur le corps de l'Etat ; s'il est vrai qu'il y a un intérêt commun auquel chacun doit s'attacher & concourir, il est donc dangereux de laisser étendre le goût d'une vaine Littérature qui n'est propre qu'à fomenter de vaines passions. *Dans une Nation libre*, dit un célèbre Auteur, *il est très-souvent indifférent que les particuliers raisonnent bien ou mal, il*

(1) Liv. 1 Chap. 24.

suffit qu'ils raisonnent (1); mais des études frivoles & superficielles n'aboutissant qu'à énerver les ames, préparent des esclaves à l'esprit ambitieux & despotique, qui osera lâcher ses passions contre la paix & la liberté. Nous voyons l'Astrologie Judiciaire régner dans les Etats Despotiques, l'étude la plus superficielle devenir superstitieuse, & la hardiesse de raisonner passer pour une conspiration contre le Tyran. Il est donc vrai que la véritable Science est la juste mesure de la liberté, & que le faux sçavoir est l'instrument de la servitude. Néron, Domitien, Caracalla ne croyoient pas exterminer plus sûrement le Patriotisme & la vertu, qu'en exilant & en persécutant la Science. Le tems a vu tomber les Républiques, non du faîte où les Sciences avoient atteint leur perfection, mais après qu'un goût

(1) Esprit des Loix. L. 19, Ch. 28.

faux & efféminé les eut courbées vers leur déclin. Auguste, en adroit Politique, jetta aux Romains l'appas du plaisir apprêté par les talens agréables. Le Peuple y fut pris : Rome tomba dans le délire, & l'ouvrage des proscriptions fut consommé par la frivolité. Montaigne a raison de dire que la Littérature est la perte des Etats, s'il ne parle que d'une Littérature superficielle. L'exemple de l'Empire Ottoman, qu'il regarde à tort comme le plus puissant des Empires, lui a fait donner trop d'étendue à ce principe. Un Etat Despotique est toujours un Etat foible. Rome, lors de ses premières Conquêtes, ne se rouloit point dans une ignorance barbare : ses institutions primitives prouvent que la Raison, sur-tout cette Raison politique si difficile & si lente à se former, présidoit dans ses Conseils. Le vrai sçavoir, règne là où est cultivée la Raison ; & voilà ce qui met le Mahométan à une diſtance infinie du Spartiate.

Du reſte, les principes qui forment l'eſprit général des Nations ſont ſi délicats & tout à la fois ſi compliqués, que la plus légère altération de ces principes eſt capable d'amener de grands changemens. Les opinions des Auteurs renommés, deviennent avec le tems les loix du vulgaire. Les maximes qui réglent les mœurs intérieures ou les penchans & les penſées de l'homme, s'étendent bientôt ſur les mœurs extérieures ou ſur la manière de vivre. Le Gouvernement domeſtique prend la même tournure, & bientôt le Gouvernement Politique eſt contraint de s'y plier. La meſure de la liberté, les Loix elles-mêmes, ſont toujours relatives aux mœurs & au caractère des Peuples. Que l'on examine les Réglemens faits en diverſes tems par les diverſes Nations; l'on y découvrira l'état des Sciences chez elles & leur façon de les cultiver. Si un goût bizarre & ridicule, si une manière de penser extravagante s'introduisent dans la Littérature, s'insinuent dans la Morale, régnent dans l'ombre de la vie domestique, se réfléchissent enfin au dehors & dominent dans le caractère National, est il étonnant que la Constitution d'un Etat en soit bouleversée & peut-être détruite? Que l'on considère que les Loix sont plus puissantes & plus utiles quand elles agissent sur des esprits bien disposés, qu'il est toujours nuisible de forcer par les Loix le caractère National, qu'il y a un danger imminent à changer les Loix & les Coutumes, quand l'ouvrage de la Législation analogue au caractère des Peuples & à l'épreuve du tems, a été déclaré par l'expérience, le plus convenable à l'Etat, & que l'on juge ensuite s'il n'étoit pas nécessaire de conduire les esprits avec le frein de la raison dans la carrière des Sciences, & de diriger ſans ceſſe leurs études vers le bien de l'Etat, ſur lequel elles ont une influence certaine. Nouvelle preuve que la Satyre Littéraire eſt utile à la République & à la Religion.

Règles à obſerver dans la Satyre.

IV. La Satyre (1) eſt ſoumiſe à des règles toutes dérivées de cette règle générale : *La Satyre n'attaquera les vices que pour le bien de la Société.* (2) Elle ne démaſquera donc pas les vices cachés, lorſque leur publicité pourroit être plus funeſte qu'utile. Il y a un million de cas où il faut céler le vice par reſpect pour l'humanité, par amour pour la paix, par égard pour ſoi-même. Solon ne parla point du parricide dans ſes

(1) Dans cette quatrième Partie, M. R. ne fait que préſenter ſes Principes, preſque toujours ſans développement ni preuve. Quant à moi, elle m'a paru mériter une attention particulière.

(2) Voy. Caaſubon, Diſſert. ſur les Libelles diffamat. Dacier, Diſc. ſur la Satyre, Mem. de l'Acad. des B. Lett. T. 2. M. Duclos, *ibid.*

Loix. Il faudroit, s'il étoit possible, dérober à un Peuple jusqu'au nom des crimes étrangers. Quand l'on voudra corrompre une Société de Sauvages réglée par les Loix de la Nature, il n'y aura qu'à les familiariser avec l'idée des vices d'un peuple qui s'est écarté de ces Loix. On diroit que les hommes n'attendent quelquefois pour se plonger dans un excès que de le connoître (1). L'exemple est un appas, lors même qu'il n'est pas heureux (2). Le scandale est un crime contre la Société : le Satyrique en est coupable lorsque la Raison du bien Public ne l'autorise point à fouiller dans les ténèbres pour en admettre les horreurs au grand jour. Les Germains faisoient pendre les traitres

(1) Hérodote dit des Perses, qu'ils désiroient avec ardeur de goûter les plaisirs dont ils entendoient parler ; & qu'ils prenoient les vices des Grecs. L. 1.

(1) *Invenit etiam æmulos infelix nequitia.* Tacit. Hist. IV. 42.

&

& les transfuges, & ils enſeveliſſoient dans un bourbier les lâches & les proſtitués. Leur raiſon pour cette diverſité de ſupplice étoit qu'il faut montrer la punition des crimes & cacher celle des infâmies. La Satyre reſpectera toujours la Pudeur, la Majeſté & l'Opinion publiques.

Défaut des Auteurs Satyriques.

Elle diſtinguera les vices avec un ſcrupule politique & religieux. Elle emploiera des couleurs différentes pour peindre des objets différens. Elle ne traitera point les fautes comme les crimes, ni les ridicules comme les infâmies, ni les foibleſſes comme les noirceurs. La juſtice & l'honnêteté lui conduiront la main. Toujours couverte du manteau de la décence, elle abjurera le langage lubrique des Pétrone, des Aretin, des Sanſovino, des Roſa, des Rabelais, des Régnier, &c. La voix publique doit être toujours chaſte, & la Satyre n'en eſt que l'écho.

Loin qu'elle puiſſe violer la vérité, elle n'intentera aucune accuſation que l'équité ou même l'indulgence pourroit déſavouer. Le Cenſeur, comme le Juge, doit reſtraindre les haines. J'exigerois preſque du Satyrique qu'il eût en général bonne opinion des hommes ; il pardonneroit ſouvent à des coupables, mais il n'attaqueroit pas des innocens. Il arrive par un abus des plus pernicieux, que les Auteurs Satyriques examinent les hommes dans l'intention de les trouver repréhenſibles. Ils ne tiennent point la balance égale ; auſſi tombe-t-elle preſque toujours du côté de leur préjugé. C'eſt ſurtout en matière de Religion que cet abus eſt commun & déplorable. L'Incrédule & l'Impie accuſent de ſuperſtition tout homme religieux : le Dévot & le Sectaire traitent tous les Philoſophes d'athées. La licence d'attaquer les choſes ſacrées doit être ſoigneuſement réprimée ; mais la licence d'accuſer, mérite-t-elle la tolérance? N'eſt-elle pas auſſi nuiſible que la première à la Religion & à l'Etat?

La Satyre peut nommer les perſonnes.

Il ne faut point blâmer la Satyre de nommer les perſonnes ou de les déſigner par des traits caractériſtiques, toutes les fois que le bien public & la correction du Citoyen le demanderont. Il y a deux grands inconvéniens dans les déclamations vagues & dans les accuſations indéterminées : le premier eſt de donner lieu à l'ignorance & à la malignité de faire des applications injuſtes ; & le ſecond, de ne pas éclairer aſſez le Public pour ſe préſerver des Citoyens dangereux, en ne lui préſentant que des phantômes qui n'ont de modèle que dans l'imagination de l'Auteur. La Satyre eſt criminelle, lorſque du même coup elle immole l'innocent & le coupable. Elle eſt inutile, lorſqu'elle ne fait pas rougir ceux qu'elle attaque. Je veux que l'amour propre de l'homme corrompu lui permette de ſe reconnoître dans vos portraits ; s'il n'a pas craint de mériter votre blâme, il ne s'inquiétera pas de vos délations dans ſon obſcurité. Puiſque la correction entre dans le plan de la Satyre, forcez-le au repentir en le retirant de ſes ſouterrains, où la paſſion eſt toujours plus forte que la pudeur. Sur des tables de proſcription, il faut écrire les noms & les qualités des proſcripts, ſans quoi elles ſont ſans effet ou elles n'ont qu'un effet deſtructeur. Si la Satyre étoit contrainte de nommer les perſonnes qu'elle a en vue, elle mettroit plus d'exactitude dans ſes recherches, plus de circonſpection dans ſes procédés, & plus d'équité dans ſes jugemens.

Uſage de nommer les Perſonnes dans les Satyres.

Le Public a ſon Tribunal. C'eſt à lui à ſe faire juſtice de la violation d'une partie des Loix Sociales, telles que celles de la reconnoiſſance, de l'hoſpitalité, de la charité, &c. ſur leſquelles les

Loix civiles gardent un profond ſilence, & dont la tranſgreſſion, quoi qu'ordinairement moins prompte dans ſes effets, eſt néanmoins auſſi fatale que celle des devoirs dont la Loi civile a preſcrit l'étroite obſervation. (1) Les Légiſlateurs lui ont laiſſé le droit de s'en venger ou par la honte ou par le mépris. Il ſera donc permis de lui dénoncer les coupables violateurs de ces devoirs comme il l'eſt de traduire ſous le glaive de la Juſtice les criminels infracteurs des règles conſacrées dans le Code de l'Etat. En Egypte, la Satyre étoit autoriſée à s'exercer ſur la mémoire des morts, & à dérober à la ſépulture ceux qui n'avoient pas été dignes de leur exiſtence. La Comédie eut en Grèce un pouvoir plus étendu ſur la réputation

---

(1) *Ut ſcias per ſe expectandam eſſe grati affectionem, per ſe fugienda res eſt ingratum eſſe; quoniam nihil æquè concordiam humani generis diſſociat ac diſtrahit quam hoc vitium.* Senec. de Benefi. L. 4 C. 18.

des vivans (1). Rome grava les noms des mauvais Citoyens dans les Annales de l'opprobre ; il y eut des Satyres personnelles qui portèrent dans leur titre le nom du Citoyen attaqué. Lucius & Horace ne craignirent point de désigner les objets de leur censure par leurs noms, surnoms & qualités. La Satyre Littéraire ne s'astraignoit à aucun ménagement. Perse raille amérement des Vers dont Néron étoit reconnu pour l'Auteur. Si Juvenal n'ose verser sa bile sur les Grands de son siècle, il n'épargne pas du moins les Codrus & les autres Poëtes ses contemporains, & s'il descend dans les tombeaux, ce n'est pas pour y brûler de l'encens. Je sçais combien la personnalité par elle-même est odieuse ; je sçais combien il est difficile de s'arrêter aux bornes ;

(1) Voy. Baillet sur les Satyres personnelles qui portent le nom d'*Anti*.

mais quand on craindra de les passer, il vaudra mieux ne pas entrer dans la carrière. Je ne protège point les abus, & je ne combattrai point contre les petits esprits qui condamnent les choses, parce qu'on peut en abuser (1).

Différence entre la Satyre & le Libelle.

Quelle différence y aura-t-il donc entre la Satyre & le Libelle diffamatoire ? Le Libelle diffamatoire écrit par un motif odieux, flétrit par des délations calomnieuses la réputation d'un Citoyen qui n'a pas mérité de la perdre.

---

(1) Cependant ce principe ouvre la porte à tant d'abus, que je ne l'ai adopté qu'avec peine & après des éclaircissemens dans lesquels M. R. n'entre point. Je pense qu'il faut restraindre la liberté, quand elle est trop près de la licence, & je crois en général que la Satyre doit tomber directement sur les vices & ne frapper les hommes que par réflexion. *Cum omnibus pacem, adversus vitia bellum.* Il y a pourtant beaucoup de cas où le bien public exige que le malfaiteur de la Société soit nommé ; c'est ce que les Théologiens, les Jurisconsultes, & autres Auteurs avouent, surtout des Avocats, des Médecins, &c. Pourquoi n'en sera-t-il pas de même d'un corrupteur de mœurs, &c.

La Satyre conduite par la Raiſon du bien Public, ne fait que démaſquer aux yeux de la Société le mauvais Citoyen, qui loin de lui payer la dette qu'il a contractée envers elle, ſe ſert de la protection dont elle le couvre pour travailler à la détruire ou à la corrompre (1). La Société a un droit inaliénable à être déſabuſée des préjugés directement nuiſibles à ſon repos & à l'ordre, tels que la conſidération qu'elle accorde aux membres qui tournent cette conſidération contre-elle. Si ſon intérêt demande quelquefois des victimes innocentes, comment héſiter à lui en immoler de coupables ? Un religieux accuſateur tire d'un aſyle ténébreux le

(1) Les Auteurs des Libelles diffamatoires ont été de tout tems punis ſuivant la diſpoſition du Droit Civil comme l'atteſtent tous les Auteurs tant anciens que modernes qui ont écrit ſur ce ſujet. Il n'en a pas été de même des Auteurs Satyriques quand ils ſe ſont renfermés dans de juſtes bôrnes.

ſcélérat pour le mettre à la face du Peuple ſur le chemin de la roue. Le Cenſeur honnête arrache à l'homme perfide le voile ſous lequel il auroit encore ſéduit des ames franches & ſincères, pour les mettre en garde contre les artifices. Le ſcélérat méritoit d'être puni, & le perfide d'être connu. Aucune Loi ne peut défendre de découvrir ce qui porte de ſi fortes atteintes au bien public.

Maldicenza non è lo ſcoprir
Che nel danno commun tanto ridonda (1).

Mais la Satyre jouira-t-elle du privilége de s'armer de traits injurieux contre les ennemis & les corrupteurs de la Société ? Diſtinguons d'abord les vices des erreurs pour ne pas nous expoſer à envelopper ſous l'anathême des hommes que l'indulgence doit en garantir.

La Satyre a-t-elle droit d'employer l'invective, & dans quel cas ?

(1) Menzini Sat. III. Cicéron dit dans les Offices, *ſemper officio fungitur utilitati hominum conſulens & Societati.*

Il faut montrer l'abſurdité des erreurs & inſpirer l'horreur du vice ; pour éclairer l'eſprit, il ſuffit de porter devant lui le flambeau de la Raiſon dont la lumière eſt d'autant plus vive qu'elle eſt plus pure. Pour changer le cœur, il faudra en quelque ſorte l'arracher à lui-même par des victoires difficiles à remporter ſur les paſſions. L'invective ne prouva jamais une vérité, au lieu qu'elle peignit ſouvent les mœurs. Celui qui tombe en cherchant la lumière ne mérite que d'être plaint & relevé de ſa chûte. Celui qui malgré la conſcience, vit ſans loi, eſt digne que l'on révèle les myſtères odieux qui ſe paſſent dans ſon cœur, & qu'une conduite hypocrite recèle. L'injure eſt au vice ce que la louange eſt à la vertu. Elle eſt dans le vice même, puiſque ce n'eſt qu'avec un noir crayon qu'il ſera repréſenté ſous ſa couleur naturelle. L'hiſtoire d'un Céſar Borgia ne ſçauroit être qu'une Satyre sanglante. D'un autre côté la vérité tient de si près à la vertu ; il est si rare que l'erreur ne soit pas soutenue par la passion que le zèle est presque toujours autorisé à suivre sa fougue intolérante & dure, pour défendre la bonne cause. Il parut sur la fin du siècle dernier à Paris, un Ouvrage attribué au Grand Arnaud, sous le titre de *Démonstration Géométrique, dans laquelle on prouve qu'il est permis de se servir des expressions fortes que le Public appelle injures, quand il s'agit de la défense de la vérité*. Il est certain qu'en fait d'opinions, il est quelquefois plus à propos de prendre les hommes par le cœur, que de les attaquer par le raisonnement, parce qu'ils sont bien plutôt entraînés dans l'erreur par les sophismes des passions que par une discussion sincère & scrupuleuse, & qu'ils s'y sont plutôt fixés par la persuasion que par la conviction.

J'obſerverai en ſecond lieu, que l'invective ne ſera point odieuſe, lorſque l'éloquence animée par de grands intérêts, en formera les foudres? Quand Cicéron tonne contre Catilina, Marc-Antoine, & autres mauvais Citoyens, quelle eſt l'oreille bleſſée des ſublimes invectives que l'Orateur vomit contr'eux du haut de la tribune. Quand Juvenal verſe ſans meſure ſur un Néron le fiel le plus amer, ne ſe ſent-on pas ſoi-même ſoulevé contre ce monſtre & prêt à joindre ſa voix à celle du Cenſeur? Il nous ſemble entendre parler par la bouche de ces Satyriques, la Patrie & l'Humanité. Mais s'agit-il de petits intérêts particuliers & perſonnels, alors nous ne voyons dans l'uſage du ſarcaſme qu'une des lâchetés de l'amour propre. Ainſi des déclamations *feſcennines* par leſquelles un Citoyen ne ſe ſatisfait que lui-même en dénigrant un Citoyen, ne couleront jamais de ſa plume d'un Ecrivain, que le Public ne lui en faſſe porter toute la honte. Elles ſeront donc entièrement exclues des diſputes Littéraires. Dans le genre polémique, la modération & l'honnêteté ſont preſque aſſurées de vaincre ou du moins d'être couronnées même ſans avoir vaincu. Des armes telles que les injures peu propres à perſuader une opinion, nuiſent toujours à ceux qui s'en ſervent, & rarement à ceux ſur qui elles tombent, à moins qu'ils n'ayent la foibleſſe de s'en offenſer, & d'en oppoſer de pareilles. Un préjugé légitime contre les Ecrits offençans, c'eſt que l'injure eſt pour l'ordinaire le plus fort argument de celui qui croit avoir tort, ou qui du moins n'eſt pas digne d'avoir raiſon. Cependant comme les hommes tiennent plus à eux-mêmes qu'à la Société, ils n'aiguiſent preſque jamais leurs traits avec plus d'ardeur, & ils ne les lancent jamais avec plus de force que quand ils combattent pour leurs intérêts ou pour leurs opinions. Il seroit avantageux pour la Société que ceux qui composent la Satyre patriotique trouvassent toujours un intérêt personnel à défendre l'intérêt commun.

Il est aisé de s'appercevoir que je proscris la Satyre qui ne fait que servir des inimitiés particulières. L'amour du bien public a seul le droit d'employer l'invective. Je sens combien il est difficile de le contraindre & de l'arrêter lorsque dans un enthousiasme excité par de fortes considérations, il entend la voix de la Patrie qui lui demande des Victimes. D'ailleurs il est des maux auxquels il faut appliquer le fer & le feu. Hommes lâches, amollis & corrompus dont la politesse vous oblige à vous bercer les uns les autres dans vos travers, vous n'écrirez point la Satyre. Vous croiriez retomber dans la barbarie, s'il vous falloit appeller le vice du nom qui lui convient, & apprendre à l'homme ce qu'il doit être. Vous voudriez du moins orner la vérité & la masquer, comme si c'étoit une chose honteuse que de la présenter sans voile. La Satyre sera impolie & grossière, si vous le voulez, mais elle sera vraie, hardie, généreuse, perçante, & efficace. Vous ne l'approuverez pas; mais vous la redouterez. Plaignez-vous de vous mêmes, si ses couleurs injurieuses vous peignent au naturel. Les remontrances & les raisons n'auroient fait que glisser sur votre ame endurcie; le sarcasme l'a percée jusqu'au vif. Ce ne sont que les victimes innocentes & volontaires qu il faut couronner de fleurs; & le Satyrique ne fait qu'exercer la vindicte publique en immolant sans menagement les coupables. Menzini disoit que quand il s'apprêtoit à foudroyer les vices, il avoit toujours Tysiphone devant les yeux. A des imaginations ardentes, il suffira de voir les hommes tels qu'ils sont; peut-être que les ames sensibles & compatissantes, trouveront encore plus de raisons d'user d'indulgence à leur égard; je ne les en blamerai pas.

Le droit d'invectiver a ses bornes.

Je n'ai garde d'autoriser la fureur d'un Archiloque & d'un Hypponax; c'est le vice, & non pas le jour qu'il faut rendre odieux aux méchans. Je supprime de la Satyre toutes les injures dégoutantes telles que celles que Ciceron vomit en quelques endroits contre Verrès; il est des bienséances dont il n'est jamais permis de s'affranchir. Je condamne l'excès: il faut inspirer l'horreur du mal & non pas l'horreur de la censure. Pour flétrir les vices, ne deshonorons point le ministère de Censeur. Un Auteur cruellement offensé par un Critique, disoit qu'il n'y avoit que le diable qui pût avoir inventé ce genre d'écrire, re. *Omnino credo diabolum esse auctorem critices*. La Satyre, telle que je l'envisage, est l'ouvrage de la raison éclairée & du zèle honnête. Elle n'attachera l'invective au glaive réformateur des abus, qu'autant que ce moyen sera nécessaire pour porter contre le vice, des coups plus utiles à la Société.

Comparaison de la Philosophie & de la Satyre.

Il faut un mouvement violent pour emporter les mœurs en un sens contraire. Si la Satyre n'a qu'une action foible, elle n'aura pas plus d'effet qu'une histoire inanimée de la corruption. Un habile Commentateur d'Horace (1 a défini la Satyre, *la Philosophie universelle*; je l'appellerois volontiers *la Philosophie pratique*. Les Ouvrages philosophiques ne présentent souvent qu'une morale nue, séche, austère & plus propre à rebuter qu'à attirer les Lecteurs. La Poësie embellit la Morale, & la Satyre l'insinue

(1) Rapport. *Comment. in Sat. Horat.*

dans les cœurs. Les leçons des Socrate, des Platon & des Ariſtote, agiront moins efficacement ſur les mœurs que des Satyres qui ſuivant les règles que je trace, appuyeront l'expoſition lumineuſe des vertus, de toute l'éloquence qui les fait embraſſer ; le Philoſophe nous indique la bonne route, mais en nous laiſſant à nous même : le Poëte Satyrique nous jette avec violence hors des mauvaiſes voies. Le Philoſophe étudie l'homme pour lui enſeigner ſes devoirs : Le Satyrique le pourſuit pour le forcer à les obſerver, il appartient au Philoſophe de former les cœurs au moment qu'ils ſortent des mains de la Nature : c'eſt au Satyrique à les réformer quand leurs paſſions s'oppoſent au ſyſtême & au bien de la Société. Le Philoſophe ſera moins utile à la Société s'il n'eſt point Satyrique : le Satyrique lui ſera très-nuiſible, s'il n'eſt point Philoſophe.

Sur les mœurs du Satyrique.

Philoſophe dans ſes principes, l'Auteur Satyrique ſera irréprochable dans ſes mœurs. De quel droit le licencieux Cynique décriroit-il l'Epicurien voluptueux, & le Pyronnien décidé, l'Académicien timide ? Le mot de *Religion* ſied-il dans la bouche d'un Diagoras, & celui d'honnêteté dans la bouche d'un Diogène ?

Quis tulerit gracchos de ſeditione querentes?

Athènes tomboit ſans doute en enfance, lorſqu'elle applaudit au plus impudent Satyrique des Dieux, accuſant ſur le Théâtre Socrate d'irreligion ? Ces hommes pervers & ignorans, qui les a chargés de corriger & d'inſtruire le genre humain ? La Société ? Elle ne choiſit point ſes défenſeurs parmi les mauvais Citoyens, & ſes Juges parmi les coupables. Le Zèle ? Il les eût forcés de tourner leurs armes contr'eux mêmes. Le Citoyen doit à ſes Concitoyens de travailler à les rendre meilleurs ; mais il leur doit & ſe doit à lui-même auparavant de travailler à devenir bon (1). Ce ſont toujours de baſſes paſſions qui engagent dans la carrière de la Satyre en qualité de Cenſeurs, des hommes dignes d'y paroître en qualité de victimes. De-là les abus qui ont ſoulevé contre la Satyre l'opinion publique. Ses maximes ſaines ont été ſi horriblement violées par cette eſpèce de Satyriques, que la Satyre elle-même eſt devenue odieuſe. De-là l'inutilité de la plûpart

(1) M. Romol. ſe borne ici à rapporter les paſſages ſuivans, *Prædicatione fructus colligit*, dit S. Grég. *qui ſemina bonæ operationis præmittit, nam loquendi autoritas perditur quando vox opere non adjuvatur. O Domine*, s'écrie S. Vincent Ferrier, *magnus latro condemnat minorem*, & Claudien IV. Hono.

Nec ſic inflectere ſenſus
Humanos edicta valent quam vita regentis.

M. R. F. y ajoute ceux ci : *primum facite poſtea prædicate*. S. Jérom. *Juſte alios reprehenſit qui non habet quod in alios reprehendat* S. Auguſt.

des Ouvrages écrits contre le vice. Qui pourroit en effet souffrir les Leçons d'un Arétin & d'un Franco ! De-là tant d'événemens tragiques consacrés dans les Annales de la Satyre, tels que la fin déplorable de Daphytas, d'Anacréon, d'Archiloque, de Labienus, d'Oscus, de Théon, d'Hypponax & de tant d'autres : & plût au Ciel que l'audace des détracteurs & des délateurs infâmes, se bornât à appeller sur eux l'indignation publique & la vengeance ? Mais la peine ne retombe ordinairement sur leur tête qu'après que l'innocence a succombé sous leurs accusations. Athènes ne put pas ranimer les cendres de Socrate. Heureux encore le Citoyen qui insulté comme Caton par un homme diffamé, est assez vertueux & assez sage pour se contenter de lui répondre comme ce Romain, *le combat est trop inégal entre toi & moi : ta coutume est de faire & de dire des infâ-*

miés, & moi je n'en fais ni n'en dis. Heureux celui qui preſſé, comme Socrate, de ſe défendre contre d'odieux accuſateurs, peut dire avec la ſérénité de ce Philoſophe : *qu'ai-je fait autre choſe que de me défendre toute ma vie ?*

L'effet de la Satyre & ceux de la flatterie.

La Satyre eſt un ſupplément aux Loix. Le Satyrique ſera donc auſſi juſte que le Légiſlateur qui ne viole point ſes Loix, s'il veut les faire reſpecter. Ne déſeſpérons point de trouver des hommes qui avec les qualités requiſes pour cette eſpèce de Légiſlation, oſent en accepter la charge. Il eſt encore des ames vraies, honnêtes & généreuſes, qui loin de ſe jetter dans le torrent où la foule eſt emportée, auront le courage d'y oppoſer des barrières. La Satyre eſt le langage de l'homme ſincère & naturel. L'Epigramme diſoit du vertueux Caton : *ce Porcius qui mord tout le monde, Proſerpine refuſe de le recevoir dans les Enfers, tout mort qu'il eſt.* On ſçait quels étoient les hommes qui auroient voulu reſſembler au miſantrope de Molière. La Satyre ſera déteſtée dans un ſiècle où la flatterie fait preſque tout le commerce de la Société. La détraction même ſeroit moins pernicieuſe que le vice régnant qui tient lieu de toutes les vertus : car enfin le détracteur ne poûrra jamais vous enlever que l'avantage d'être honoré, & le flatteur en corrompant vos vertus vous en ôtera le droit. Où ſont les ames ſi fort en garde contre la fauſſe louange que les illuſions ne ſéduiſent ? Chacun cherche à augmenter l'idée qu'il a de lui-même, & l'on ſe proſtitue volontiers à l'adulation qui met notre mérite à plus haut prix. L'amour propre, le premier de nos flatteurs & le plus impérieux de nos tyrans, nous enyvre de l'encens que font paſſer par ſes mains nos Panégyriſtes d'intelligence avec lui. Nous avons tous des foibles & des paſſions, écoutons la flatterie adroite à les démêler & ardente à y applaudir, & bientôt nous aurons des foibleſſes & des vices. L'orgueil dont perſonne ne demande à être guéri, devient inſupportable, quand il eſt fomenté par l'adulation. Les richeſſes qui donnent tant de mouvement à la fauſſe louange, bientôt par ſon artifice chargeront de ridicules des hommes déjà odieux à la multitude par la poſſeſſion de ces richeſſes mêmes. Enfin la flatterie ou l'habitude de tromper pour plaire, détruit la communication établie par la Nature entre les hommes, ſappe les fondemens de la Société, & tourne les mœurs ſans-deſſus-deſſous par des ſecouſſes légères & douces que ſa ſubtilité dérobe même à la vigilance (1).

---

(1) M. R. appuie ſon aſſertion de l'autorité des P P. *Hoc omnium eſt cauſa malorum*, s'écrie S. Jean Chryſ. Opp. T. 1 in Pſal. 49, ſur la flatterie, *hoc eſt quod virtutem maximè evertit*,

Beati

Beati qui vera dicentem ſortiti. Un Cenſeur véridique rétablira l'ordre, les mœurs & la Société. Je ſçais que la flatterie nous fait des amis, & la ſincérité des ennemis. Il y a ſi peu d'hommes capables de ſuivre la maxime de cet illuſtre Romain qui aimoit mieux *n'être pas récompenſé pour avoir fait le bien, que de n'être pas puni d'avoir mal fait.* Mais quand le repos & la bienveillance ne ſe concilient que par le menſonge, eſt-il donc ſi dur d'être haï des hommes? Il eſt des cœurs qui ne craindroient point à ce prix de s'expoſer à la perſécution : malgré la corruption générale, il eſt peu de gens, il n'en eſt point peut-

---

quod retardat ac reprimit ſtudium multorum ad ea quæ ſunt honeſta. S. Bernard in ſerm. 63. *Vulpes occultus detractor, ſed non minus adulator blandus. Il ne faut pas*, dit S. François de Salles, *pour penſer fuir le vice de la médiſance, favoriſer, flatter ou nourrir les autres, il faut dire rondement & franchement mal du mal, & blâmer les choſes blâmables, ce que faiſant nous glorifions Dieu.*

être qui n'aimassent mieux avoir été Socrate qu'Aristippe. Osons être ce que nous voudrions avoir été.

Sur la forme & le style de la Satyre.

Conclusion.

J'ai prouvé que la Satyre est utile & nécessaire. J'ai tâché de marquer ses droits & ses devoirs : j'entamerois un nouvel Ouvrage si j'entreprenois de caractériser les Auteurs Satyriques des diverses Nations. Ce n'est point à un Ecrivain qui connoît tous les droits du génie, & qui en ignore les ressources, à donner des méthodes pour la construction de ce genre d'ouvrage. Je me représente la Satyre telle que l'éloquence républiquaine, libre, fière, généreuse & patriotique. Elle ne rejette aucun sujet utile & prend toutes les formes honnêtes. Elle employe tout ce qui peut l'aider à remplir son objet, le sel d'Horace, le grand Sens de Perse, & le fiel de Juvénal. Philosophique, quand il s'agit d'amener les esprits à la vérité : passionnée, lorsqu'il est question d'entraîner les cœurs vers la vertu. Sublime pour de grands intérêts, légère & piquante contre les vices : s'insinuant avec douceur ou triomphant par la véhémence : hardie & vive dans ses peintures ; lumineuse & concise dans ses raisonnemens : plaintive & touchante, si elle peut attendrir ; impérieuse & inflexible quand il faut subjuguer : paroissant tantôt sous le masque pour attirer la curiosité, tantôt à visage découvert pour inspirer plus de crainte : allant tantôt pas à pas à ses fins par une route méthodique ; tantôt s'élançant en désordre & avec violence vers son but : n'attaquant les hommes que pour exterminer les vices, & n'ébranlant la Société que pour la mieux affermir, elle exige de ceux qui entreprennent de l'écrire autant de talens que de vertu (1).

(1) Il est évident que la Satyre telle que

J'ai cherché la vérité en travaillant à ce Discours. Si j'ai avancé de faux principes, j'espère que la Critique me détrompera. Je n'ai eu en vue que l'intérêt de mes semblables; s'il y avoit pour eux du danger à suivre mes maximes, je les retracte & je condamne dès ce moment mon Ouvrage.

---

nous l'avons considérée n'a rien de commun avec la Satyre condamnée par les Légistes & par les Moralistes, & que les déclamations de Bulenger, Opusc. T. 2 de Pierre de Marca. *Opus. advers. Satyr.* de Christ. Kochius *de Satyrâ Litterariâ eliminandâ* & de plusieurs autres ne détruisent point notre opinion.

F I N.

www.ingramcontent.com/pod-product-compliance
Ingram Content Group UK Ltd.
Pitfield, Milton Keynes, MK11 3LW, UK
UKHW021107290826
14628UKWH00014B/895

9 782019 986179